严家炎
人文讲演录

严家炎 著

团结出版社

·北京·

© 团结出版社，2025 年

图书在版编目（ＣＩＰ）数据

严家炎人文讲演录 / 严家炎著 . -- 北京：团结出版社，
2025. 3. -- ISBN 978-7-5234-1528-3

Ⅰ. I206-53

中国国家版本馆 CIP 数据核字第 2024K7K946 号

特约策划：舒晋瑜
责任编辑：张振胜　刘宝静
封面设计：阳洪燕

出　　版：团结出版社
　　　　　（北京市东城区东皇城根南街 84 号　邮编：100006）
电　　话：（010）65228880　65244790（出版社）
　　　　　（010）65238766　85113874　65133603（发行部）
　　　　　（010）65133603（邮购）
网　　址：http://www.tjpress.com
电子邮箱：zb65244790@vip.163.com
经　　销：全国新华书店
印　　装：三河市东方印刷有限公司

开　　本：130mm×210mm　32 开
印　　张：8.125　　　　　　　字　数：155 千字
版　　次：2025 年 3 月　第 1 版　印　次：2025 年 3 月　第 1 次印刷

书　　号：978-7-5234-1528-3
定　　价：58.00 元

代序：我所认识的严家炎

舒晋瑜

《严家炎人文讲演录》即将出版了，编辑很用心，收录的文章充分体现了严家炎先生求真务实的治学精神，这种个性渗透到他学习生活的方方面面，严先生的温和、谦虚、对于学术和真理执着的坚持，都显露无遗。

严家炎先生多次谈起，在学术研究道路上，对他影响最大的是杨晦、钱学熙。两位先生要求学生从头读作品，读注释，从诗经、楚辞起的各种重要注本要抄录下来（如毛氏传疏，诗经的朱熹注本等），古今中外，从荷马史诗、希腊悲剧、柏拉图、亚里士多德起，直到19世纪、20世纪的重要作家作品，长长的书单读下来，为他打下了牢固扎实的学术基础。

严家炎先生曾经两次参加编写教材。第一次是1961年。那时有关部门正组织力量统一编写文科教材，王瑶、刘绶松、刘泮溪先生等十多人都参加了《中国现代文学史》的工作。唐弢担任主编，制订了几条重要原则，第一条是必须采用第一手材料。作品要查最初发表的期刊，至少也应依据初版或者早期的版本，以防转辗因袭，以讹传讹。另一条是：注意写出时代气氛。唐先生认为，文学史写的虽是历史衍变的脉络，却只有掌握时代的横的面貌，才能写出历史的纵的发展。关于复述作品的内容，他认为应力求简明扼要，既不违背原意，又忌冗长拖沓，这在文学史工作者是一种艺术的再创作。再一条是：文学史尽可能采取"春秋笔法"，褒贬要从客观叙述中流露出来。这些意见，直到今天看来仍对编写文学史教材甚为有益；在当时的条件下，更对整个编写组，尤其是当时年轻人树立严谨、求实的学风，起着良好的推动作用。20世纪80年代中期，三卷本《中国现代文学史》，获得全国第一届优秀教材奖。

　　在编写教材之外，严家炎先生著书立说，其中《中国现代小说流派史》便是他很重要的一部著作，也是中国现代文学史中不可忽视的一部杰作。他在研究中对新感觉派和后期浪漫派的重新发掘，意义重大，有论者认为，它标志着残缺不全的小说史研究的历史终结。这也是严家炎写得最艰苦、投入时间最长的一项工程。之所以艰苦，首先在于这部书所要求的鲜明的原创性，它是这个学术领域中的第一本书，没有其它同类史籍可以参考借鉴，其中必须贯穿和渗透作者自己的许多独特发现和识见。书中论述的八个流派，从命名到流派特征的概括，都包含着他的许多劳动和心血。新感觉派被埋没了几十年，新时期经严家炎发掘出来，所以施蛰存先生称自己是"出土文物"。其次，小说流派史是个多层次的高度综合性工程。同时，小说流派史还注意到不同流派之间既竞争又互补的状况，从而显示出错综复杂的立体的关系。这三个层面都要做到准确传神，是很不容易的。

严家炎考入北京大学时，五分制的题目，英语是五分，文学史不及格。后来，他不但教文学史，还着手编写文学史。这一反转，也许更能证明严家炎的"内功"造诣。

在《严家炎人文讲演录》中，"求索"是很有看点的部分，最能说明严先生学术探索精神。早在上世纪90年代初，严家炎就在《明报月刊》《文学评论》等杂志撰文介绍和评议金庸小说，对金庸小说所引发的文化现象进行研究。他遍读金庸作品，甚至包括社论。能走进金庸的内心世界，除了对原著的深入阅读，更多的是两人之间的同气相求。

1995年，严家炎在北京大学中文系开设《金庸小说研究》课程，受到学生们的拥护和支持。一位日本的教授觉得有意思，全学期一节课都没缺。那时候的北大，"几乎全班同学（特别是男同学）都迷上了金庸"（钱理群语）。

在大学开设"金庸小说研究"课，并非是为了赶时髦，而是出于文学史研究者的一种历史责任感。"金庸热"有两方面原因。一是金庸小说自身的魅力，小说艺术的成功。他的语言清新可读，叙事节奏张弛有度，读完之后能引人思考；二是确实与生活中"见义勇为"精神的失落有关系。当时的现状与金庸小说丰富的趣味、深刻的内涵形成强烈反差。这样的反差增强了金庸小说的吸引力。

文学评论是严家炎学术中的重要一支。作家的"剑"指向哪里，他的点评就跟在哪里，像一个文学场的解说员。做好文学批评，首先要了解自己批评的对象，《创业史》出版后严家炎读了两遍，边读边做笔记，前后写了五篇评论文章。他从文学出发，从实际感受出发，讲的都是真话。别的评论家肯定英雄人物，都在讲梁生宝这个形象怎么成功。他说梁生宝这个形象不错，在一般农村人物塑造之上，也有一些弱点，所以提出"三不足"。柳青对严家炎的评论很赞赏，认为对梁三老汉形象的意义阐发较深，甚至连作者某些很隐微的想法也都精细地触及到了。

也唯有真懂文学，才能辨析作家那些五花八门的剑术。批评的力量取决于态度的实事求是和说理的严密透辟，而不是硬塞给读者一些哗众取宠的结论。严家炎的批评文章，尊重原意，忠于原文，以对方实实在在的文字做根据。他喜欢伏尔泰的一句名言："我虽然不同意你的意见，但我誓死维护你发表意见的权利！"他认为，这才是真正的君子风度，是文艺批评工作者应具备的素质。

严家炎先生的不畏权威敢于直言，跟实事求是做学问有关，也跟性格有关。他身上有一点可爱的呆气和固执。北京大学有个流传很广的故事：1970年在江西干校，严家炎带了一个班参加劳动，挖水沟的时候，排水沟的两侧必须有一定的斜度。斜多少度？他说"45度"，并且用量角器量度。于是他被冠以外号"过于执"（《十五贯》里的一个官员，意思是过份固执）。

由于职业的原因，采访或者约稿，我和严先生有限的几次交往，他总是安静地端坐着，回答每一个问题字斟句酌，但聊天却总让我觉得亲切丰富，现在重读这部集子，加深了我对严先生人格力量的认识。

2025.2

（作者系中华读书报总编助理）

目 录

辑一　求实

文学史观漫议 ①

文学史是研究者对文学发展过程的一种历史描述。它只能近似而不可能（也没有必要）巨细无遗地摹写出文学发展的全部过程。入史的作家作品，可以有这样三类：一、文学水准很高的；二、作品在历史上提供了新的东西，做出了新的贡献的；三、作品本身虽不算成功但在某种特定条件下产生了较大影响的。这种去芜存菁的筛选，正是为了使文学史更能显示出文学发展的历史真实。文学史似乎还应该特别重视文学现象、文学思潮与文学流派的研究，通过这种研究，解开文学史上存在的谜结。

文学是发展的，但不是庸俗进化论所理解的那种直线的发展，也不是通常说的那种螺旋形上升的发展，而是一种曲折的发展———一种思想与艺术互有参差、很不平衡，有时上升有时下降，有时这一方面上升那一方面下降，有时那一方面上升这

---

① 本文是作者于 1990 年 12 月 1 日在香港中文大学主办的"如何看待文学史"研讨会上发言的一部分。

一方面下降的发展。这是因为，文学的发展受制于文学内部与外部、作家主体与客体等种种非常复杂的条件。就作家个人来说，创作的发展取决于作家才能、文化素养、生活体验的深度和环境条件的好坏等各种因素。就一个时代的文学来说，其发展还受当时社会经济、文化乃至当权者政策等许多大的背景的制约。19世纪末20世纪初上海这类近代都市的形成，印刷业的兴起，报纸、杂志的大量发行，这些条件造成小说的商品化和职业作家的出现，就为整个20世纪中国小说的发展带来了一种前所未有的新局面。

以"五四"后小说流派的变迁为例，并非只有生存和衰亡两种形态，事实要复杂得多。20世纪20年代的乡土派小说，到后来，实际上分化为两支，并非简单地消失了；它原有的揭示旧制度的野蛮落后和描写乡土风习这两方面的功能，分别融入了20世纪30年代的社会剖析派和京派。这是一种"分流"现象。而七月派，它承继了现实主义的遗产，又吸收了心理现实主义的因素，两者汇合就产生变异。这又是一种"合流"。即使一时衰竭了的某种小说，也并不意味着"死亡"，它可能在其他条件下重新复活，甚至变得更有生气。如心理分析小说，施蛰存写不下去了，但到了张爱玲手里，却发展得颇为圆熟自如，获得了前所未有的心理深度。又如，20世纪40年代小说领域中再也看不到独立的现代派，并不等于现代派已经从此灭绝。我们看到，它渗透到了京派一些作家作品中，渗透到了七月派一些作家作品中，还渗透到了后期浪漫派一些作品中，它像蒲公英花，虽然原地不见，却已随风散落到各处，留下它的种子。

正是因为这样，我很有兴趣地读了刘再复发表在《二十一世纪》创刊号上的《文学史的悖论》一文，他提出反对文学史研究中的直线进化论，这是必要的，他正面阐释的文学史悖论的几点见解，更是富有启发性的。

当然，我也要说，刘先生对"直线进化论"文学史的影响程度，估计得显然过于严重了一些。他认为："前四十年大陆编写的中国现代文学史，其文学史观可称为直线进化论。这种直线进化论的基本观念是：一代有一代的文学，而后一代文学是前一代文学的进化，因此，它总是优胜于前一代文学。"刘先生这样展示现代文学史所体现的"五四"以后文学的直线进化过程：

> 20世纪20年代：产生优于古代文学的现代启蒙文学；
>
> 20世纪30年代（20世纪20年代就开始发生）：产生优于启蒙文学的革命文学和左翼文学；
>
> 20世纪40年代：产生优于左翼文学的工农兵文学；
>
> 20世纪50年代：产生优于工农兵文学的社会主义现实主义文学。

我以为，"直线进化论"文学史观作为一种值得注意的错误倾向，在中国现代文学研究中并非完全不存在；再复站出来提醒，确实是有益的。但是，把"前四十年大陆编写的中国现代文学史"，不问青红皂白，一股脑儿归结成"直线进化论"，却实在过于简单，与实际有距离。

不妨随手举些例子。

其一，鲁迅是"五四"初期最早出现的短篇小说作家。按照"直线进化论"的逻辑，20世纪30年代短篇小说自应"优于"鲁迅，20世纪40年代短篇小说又应"优于"20世纪30年代。然而在实际上，有哪一本现代文学史不把鲁迅看作是小说史上一个高峰的呢？！

其二，有的现代文学史指出：解放区文学有前进，也有后退。在用农民喜闻乐见的语言形式表达农民的情趣、愿望和幽默方面，是前进了；而有些作品受到农民小生产思想的侵袭，如剧本《王秀鸾》竟去赞美"逆来顺受"的孝道，这比起"五四"新文学来，有所倒退。此外，解放区文学在表现生活的现实主义深度以及向世界进步文学借鉴方面，也显露出自己的弱点。这些论断，显然不能用"直线进化论"来解释。

其三，革命文学是否就"优于启蒙文学"？作家思想进步了，是否就能创作出"优于"过去的好作品？一些现代文学史并不赞成对此做出肯定的回答。20世纪50年代初出版的王瑶的《中国新文学史稿》就指出：作为革命文学代表的蒋光慈的作品，艺术上相当粗糙，思想上也不见得健康。1958年青年学生批判王瑶《中国新文学史稿》时，就说他用资产阶级贵族老爷态度，贬低蒋光慈等革命作家。可见，这里并没有再复所指的"直线进化论"的影子。在唐弢主编的《中国现代文学史》中，也曾指出过作家思想进步之后艺术上反而下降这种现象。如台静农早年写的《地之子》这本集子中的十四个短篇小说，乡土气息很浓，而且有些作品写出了意境；后来他思想更进步之后写的《建塔者》，虽然歌颂革命者，但形象苍白无力，远不如《地之子》那么出色，可见也同样不存在"直线进化论"的问题。

在我看来，最近四十年内地出版的现代文学史，最大问题是受到"左"倾政治的侵袭和干扰，对作家作品都"突出政治"（而且是一种很狭隘的政治），对文学本身反而不重视，其结果是评价作家作品很不实事求是，一些重要作家甚至不能入史。再复所说的那种认为左翼文学"优于"启蒙文学，工农兵文学又"优于"左翼文学，社会主义文学又"优于"工农兵文学的论调，其实也是做了简单的政治推导的结果。

和这种"突出政治"的情况相呼应，在文学史研究的方法论上，存在三个致命的问题。

一是勉强适应某种先验的观念。毛泽东主席在《新民主主义论》中提出，从"五四"开始，中国革命进入新民主主义阶段。于是文学史家们从20世纪50年代起就竭力证明胡适、陈独秀的文学革命已经是新民主主义的了。这其实完全站不住脚。1917年初，陈独秀并没有多少社会主义思想，那时他主张中国要学德国，走军国主义道路。胡适当然更没有。有的文学史家为了向《新民主主义论》靠拢，说胡适1917年写过《沁园春》，叫过"新俄万岁"，赞美十月革命。其实完全不对。

胡适这首词写于 1917 年 6 月，那时十月革命尚未发生，他赞美的是俄国二月革命——地道的资产阶级革命。

二是对史料不加鉴别，乱用，往往差之毫厘，失之千里。这种风气甚至影响到海外。有的学者常说五四新文化运动造成了"文化断裂"。是不是这样呢？陈独秀在《文学革命论》中确实说过要"推倒古典文学"，但这是什么意思，各种现代文学史似乎都没有讲清楚。其实，陈独秀讲的古典文学是指仿古文学，而不是中国的古代文学。就在这篇《文学革命论》中，他用大量篇幅肯定了《诗经》、《楚辞》、唐诗和元明清小说等，而且评价得很高。很多学者把材料理解错了。"五四"时虽然批孔，但对孔子的历史地位是肯定的，只是认为孔子思想不适合现代生活。再有，"五四"时叫的"桐城谬种，选学妖孽"这个口号，到底是什么意思？是不是散文、骈文都要打倒？不少人都这样理解，其实是不对的。这里说的"谬种""妖孽"，是指"五四"前夕存在的桐城派的末流和骈体文的末流，而不是桐城派和骈体文本身。五四新文化运动虽有偏激情绪，但并没有造成什么"文化断裂"。

三是不注重作品的审美评判和审美分析，几乎让政治取代一切，吞噬一切。这是过去大陆文学史的一个真正突出的弊病。所以，问题似乎主要不出在"直线进化论"上。

原载香港中文大学《二十一世纪》杂志
1991 年 6 月号

新时期十五年的中国现代文学研究 ①

　　新时期如果从中共十一届三中全会算起，已经十五年多了。中国现代文学研究会的成立和《中国现代文学研究丛刊》的出版，到今年也有整整十五个年头。十五年不算很长，中国现代文学研究却发生了惊人的变化，取得了重大的成就和显著的进展。可以毫不夸张地说，这十五年的进展和变化，超过了在此以前的三十年。

　　中国现代文学研究作为一门涉及许多现实政治问题的敏感学科，长期以来处于动荡之中。虽然 20 世纪 50 年代前期就进行学科建设，出版了王瑶先生的《中国新文学史稿》等几种专著或教材，但从批判胡风时起，学科内容、学科格局就不断受到冲击。先是王瑶的新文学史稿受到了有组织的批评，被指责为"客观主义""脱离政治"，因而作者本人不得不要求出版社停止再版。接着，1956 年刚刚改定出版的刘绶松先生那部

---

　　① 此文系作者在中国现代文学研究会第六届年会上的总报告。

《中国新文学史初稿》，也因反右而只有一年多的寿命。刘绶松大概还想修改，所以不久之后又根据中国作家协会党组扩大会议精神和某位领导人的授意，写了那篇批判冯雪峰在20世纪30年代"文艺自由论辩"和"两个口号论争"中的表现的著名文章。但谁能料到，这在"文革"中又恰恰成为他"帮助周扬篡改历史"的一大罪状，迫使他夫妇双双走上自杀的悲剧性道路。可见，当文学史无论怎样修改都赶不上飞速变换着的政治形势的时候，当人们因为某种现实的需要可以隐瞒真相、涂改历史，连鲁迅这样逝世了几十年的作家都难以逃避其书信被扣押、著作被删节的命运的时候，中国现代文学研究怎么可能保持自己独立的学术品格！文学史学科又怎么可能真正成为科学！

进入新时期以来，学术领域最为重大的变化，莫过于摆脱过去这种状况，使中国现代文学研究回到文学本身的轨道上来，成为具有科学形态和学术品格的独立的学科。正像樊骏先生在一篇文章中概括的那样："从整体上说，这些年里中国现代文学研究最根本的变化，就在于终于摆脱了机械地配合政治斗争的任务，开始以历史的理性进行客观的研究：不但是全面系统地考察整个历史过程及其联系，而且严肃地衡量历史的功过得失，科学地总结历史的经验教训和发展规律。这无疑是这门学科的意义深远的重大转折。"①

---

① 樊骏：《论中国现代文学研究的当代性》，《论中国现代文学研究》，上海文艺出版社1992年版，第150页。

表现在具体研究工作中，一是由拨乱反正开始，重新实事求是地评价了许多曾经被粗暴地否定或者由于种种原因被贬低的作家作品。这种重新评价，早已远远超出当初拨乱反正的范围：不但拨了林彪、"四人帮"之乱，而且拨了20世纪50年代中期以来"左"倾错误之乱，还拨了20世纪30年代以来"左"倾思潮之乱，也使许多事情恢复或接近于自己的本来面目。包括王实味、萧军、胡风、潘汉年、丁玲、陈企霞、冯雪峰、艾青在内的多起重大历史积案所涉及的文学问题初步得到了清理。包括胡适、周作人、徐志摩、林语堂、梁实秋、沈从文、穆时英、张爱玲、徐讦、陈铨在内的大批作家，以及《宝马》《死水微澜》《科尔沁旗草原》《原野》《呼兰河传》《果园城记》《寒夜》《围城》《四世同堂》《长夜》《财主底儿女们》《九叶集》等一批作品，获得了比较科学的评价。可以说，一切都在新时期理性思索的目光前重新得到了审视。影响所及，对于推进文学研究领域内的思想解放，消除长期以来人为地造成的种种丑化或神化的现象，科学地把握历史批评和审美批评的标准，培养起严谨求实、勤于思考、勇于探索的学风，都有重大的意义。事实上，近几年人们感兴趣的鸳鸯蝴蝶派的评价问题，学衡派和新人文主义的评价问题，存在主义在中国现代文学中的影响问题，乃至重写文学史的问题，等等，都是在这种解放思想、实事求是的风气中才有可能提出的。

二是扩大了研究领域，丰富了研究视角，开拓了研究课题。中国现代文学虽然只包括三十多年，但从研究工作说，长期以来存在不少薄弱环节和空白点，而且研究视角狭窄，方法单一。例如，就民族而言，只研究现代汉族文学，很少研究现代少数民族文学，"即使对于众所周知是出身旗人的老舍，也未曾考察过他和他的作品有无满族的特殊素质，把他完全混同于汉族作家"①；至于沈从文带有苗族血统，更不受人注意。就创作倾向而言，只重视现实主义文学，对浪漫主义文学研究不够，对现代主义文学则长期贬斥，既不肯了解，也不敢正视。就地区而言，对 20 世纪 40 年代国统区文学知之不多，用吴组缃先生的话来说，是对它的成就估计不足，存有偏见；而对日据时期台湾在内的沦陷区文学，则基本上处于盲目无知的状态。就研究角度而言，对创作流派历来注意甚少，而文本学研究、叙述学研究则几乎完全空白。新时期以来，上述状况有了不同程度的改变。少数民族作家穆塔里甫、赛音朝克图等开始写入文学史教材；老舍作品的满族素质、沈从文作品的苗族素质也开始受到研究者的注意，有人着手研究；有些少数民族文学的研究还出版了专门刊物。对浪漫主义文学的研究有所加强，出现了较为系统也有深度的专著。对现代主义文学的研究则大多自材料发掘入手，从无到有，显示了突飞猛进的进步；无论是鲁迅小说和散文诗中的象征主义成分，早期创造社作品中的表现主义与意识流成分，李金发等人的象征主义诗歌，穆

---

① 樊骏：《关于中国现代文学研究的考察和思索》，《论中国现代文学研究》，上海文艺出版社 1992 年版，第 30 页。

时英、刘呐鸥等人的新感觉主义小说，施蛰存、沈祖棻、张爱玲、李拓之的心理分析小说，戴望舒等人的现代派诗，曹禺话剧中的表现主义色彩，20世纪40年代汪曾祺写得相当成功的意识流小说，《九叶集》诸作者的诗歌等，都引起了一些研究者的注意，有的学者还以专著形式做了较为深入的探讨。文学流派的研究受到重视，几家出版社出了流派社团作品选，还出了从这一角度研究的几种专著。叙事学的研究也有了可喜的成果。就地区文学而言，解放区文学的研究，达到了新的深度。与此同时，对20世纪40年代国统区文学的研究也有了明显的加强，其中老舍、巴金、曹禺、路翎、沙汀、沈从文、李劼人、钱锺书、穆旦等作家研究上的成就，尤其受人瞩目。以老舍研究为例，不但《鼓书艺人》《四世同堂》等一系列作品获得比较科学的评价，而且连作者的文化心理、创作心理也有了相当深入的阐发，这在过去是难以想象的。上海"孤岛"文学研究和日本统治下的台湾及其他沦陷区文学的研究，同样有了一批初步的成果（仅《中国现代文学研究丛刊》就出了两期沦陷区文学专号）。对各种文学体裁的研究，过去很不平衡，集中在小说方面，但也并无专史。新时期以来，小说研究的人力优势继续保持，已出版了四种现代小说史，其中有的个人著作达到了较为可观的规模；同时也有一批学者加强了诗歌、话剧、散文的研究，出版了新诗史、话剧史和散文史，还出版了一批文学理论批评史、文学思潮史、中外文学比较史。这些专史力图从文体发展和思潮发展的高度总结历史经验，由过去同代人作品评论那种"平视"的眼光转变而为"俯视",它们的出现,标志着现代文学研究从单纯的文学批评向综合性历史研究形态的提升,因而具有开拓性意义。

从学科建设上看,比起上述两方面变化更有意义的,也许应该算是现代文学观的变化——对于到底什么是中国现代文学获得了新的理解。从 20 世纪 40 年代起,我们一直从政治的、革命的角度来看待这段文学历史,认为中国现代文学就是无产阶级领导的反帝反封建的文学;20 世纪 50 年代中期以后,又强调社会主义因素从萌芽到壮大这条线索,说中国现代文学也是社会主义现实主义成长发展的文学。这种基本观念,决定了我们对于现代文学内容、性质、特征、范围乃至评价标准等一系列问题的理解。最近十多年来,人们对这段文学历史开始形成新的观念——着重从中国文学的现代化进程和这段文学所特有的现代性质来考虑,认为"五四"以来的中国文学,是向现代化迈进的与世界文学相沟通的民族文学,是清末以来(也就是 20 世纪以来)中国文学现代化进程中的一个特定的段落。所谓"现代",并不仅仅是一个时期划分上的简单概念,而具有确定的丰富得多的含义,它包容了最近一个半世纪以来世界民主主义和社会主义两大思潮这一历史内涵,也包容了文学上一系列具有强烈时代性的审美内涵。反帝反封建,作为现代中国社会革命的根本任务,无疑属于文学现代化的一项重要内容,但文学现代化本身比这要宽广得多。文学的现代性或现代化,实际上包括了从文学语言、艺术形式、表现手法到作品思想内容、审美情趣诸方面不同于传统文学的全面深刻的变革和创新。这样的理解，意味着对于作家作品不再只是从政治的、革命的角度出发，而是进行多视角、全方位的考察。这样的理解，更重要的是便于突出这段文学的根本意义和主要特征。根据这样的理解，中国现代文学要研究得好，不仅要下功夫研究现代文学本身，还要把目光扩展到它的前身和它的后身，上溯晚清以来的中国近代文学，下追20世纪50年代开始的中国当代文学，也就是要从20世纪世界文学发展的总格局中来考察中国文学的演变。这就有了文学史分期问题的讨论，有了"20世纪中国文学"概念的提出及其体现的学术上的深度和广度。这样的现代文学观，当然也大大扩展了学术工作的视野。

本来，把"五四"以来的中国文学看作现代化的文学，并不是20世纪80年代初才兴起的看法。类似的观念，早在几十年以前就由郁达夫、萧乾、朱自清、冯雪峰等人先后表述过了。①鲁迅虽然没有直接讲过文学现代化，但他对"五四"新文学的理解，他对"现代"这个概念的理解，都和上述各位的看法相当一致。所以，这确实不是最近十几年才形成的新观念，而是我们自己在经过几十年的学术实践，亲历过曲折、尝到过痛苦之后，才回归到了过去

---

① 如郁达夫的《小说论》第一章和《关于小说的话》一文，萧乾的《小说》一文，朱自清的《新诗杂话·真诗》，冯雪峰的《中国文学中从古典现实主义到社会主义现实主义的发展的一个轮廓》。

一个合理的观念上去。尽管如此，这种回归，依然体现了时代的需要和学科建设的需要。新时期学科领域的不少进展，往往和这种新的现代文学观有内在的联系。比如，长期以来我们曾经把阿Q的革命性肯定得很高，支克坚同志却在一篇文章（《关于阿Q的"革命"问题》）中指出：这并不符合作者的原意，鲁迅从现代人的思想立场出发，对阿Q那种革命实际上持批评乃至否定的态度。这应该说是《阿Q正传》研究的一个突破，它启发我们去思考鲁迅那种真正出自现代意识的革命观的丰富内涵。对鲁迅注重国民性批判的问题，今天从现代意识这个角度来看，评价也很不相同，再也不会像20世纪50年代那样归结到唯心史观而采取基本否定的态度。其他像对丁玲《莎菲女士的日记》《在医院中》《我在霞村的时候》等小说的重新评价，对茅盾小说中"现代女性"形象系列的重新认识，对丁西林、老舍、梁遇春、梁实秋、李健吾、钱锺书、杨绛创作中温厚的幽默（及其包含的对人生的微妙品味）的重新发现与肯定，都同研究者着眼于现代性有密切的关联。可见，文学的现代性，实际上成为渗透在许多评论、研究中的聚焦点。

和现代文学观的变化同样有重要意义的，是文学研究中摒弃了过去长期盛行的双重标准的理论，恢复了历史主义的科学准则。列宁曾经说过："在分析任何一个社会问题时，马克思主义理论的绝对要求，就是要把问题提到一定的历史范围之内。"①又说："判断历史的功绩，不是根据历史活动家没有提供的现代所要求的东西，而是根据他们比他们的前辈提供了新的东西。"②如果离开一定的历史范围，离开具体的历史条件，衡量任何事物就会失去客观的正确的依据。这是历史主义的原则，是研究任何历史人物、历史事件的唯一正确的原则。20世纪50年代以来，我们在不少时候却是反其道而行之，故意脱离或者抛开事物赖以存在的"一定的历史范围"和具体的历史条件，不看历史人物有没有"比他们的前辈提供了新的东西"，而是从后来的现实需要出发，向历史人物去要求"现代所要求的东西"，实际上是用实用主义标准取代历史主义标准。最有代表性的，就是姚文元1958年批判巴金小说《家》时说的一段话，他说：

> 今天我们处于一个全新的历史时期。反帝反封建的新民主主义革命早已过去了，社会主义革命也已取得决定性的胜利（还要继续完成），我们正处于一个加速社会主义建设、为过渡到共产主义积极准备条件的伟大时代。中国土地上已经没有高家了，克明等等那一帮人正在劳动改造，不许他们乱说乱动。在这样的条件下，

---

① 列宁：《论民族自决权》，《列宁全集》第20卷，人民出版社1958年版，第401页。

② 列宁：《评经济浪漫主义》，《列宁全集》第2卷，人民出版社1959年版，第150页。

《家》中的积极作用、进步作用只存在历史意义而失去
了它的现实意义，而《家》中那些消极的、错误的东西，
在今天却显得非常突出了，并且因为事实上，巴金同志
的作品是在一种有体系的资产阶级思想指导之下写的，
在人生道路、思想信仰、伦理道德等等上面有一整套和
无产阶级思想相敌对的主张，它影响有些青年整个人生
观，因此它们的害处就特别大。①

按照这种说法，作品在民主革命时期是进步的，到社会主义时
期就成为反动，用历史标准衡量起来是正数的，用现实标准衡
量却成了负数。于是，巴金的《家》应该批判；丁玲的《莎菲
女士的日记》应该批判；由柔石小说改编的影片《早春二月》
应该批判；根据茅盾小说改编的电影《林家铺子》应该批判；
《子夜》当然也应该批判；老舍的《四世同堂》在国共合作时
虽已出版，到新中国成立以后，当然应禁止再印，更不能在文
学史上给予较高的评价。如此等等。这是地道的由简单政治观
念衍发的实用主义逻辑。事实告诉我们：历史主义所做的肯定
不是无条件的肯定，而是和具体历史条件连在一起的，这种肯
定同时也就是一种限制，所以鲁迅称历史主义本身就是一种可

---

① 姚文元：《论巴金小说〈家〉在历史上的积极作用和它的消极作用》，载《中
国青年》1958 年第 22 期。

以圈住虎狼的"铁栅"。[①] 姚文元的历史和现实双重评价标准的说法，理论上是荒唐的，政治上也只是为某些人所谓的"共产党过河拆桥"提供佐证，影响十分恶劣。20世纪70年代末以来，学术界揭穿和摒弃了这种"理论"，现代文学的出版、研究在历史主义轨道上稳步恢复，趋于正常。

新时期中国现代文学学科另一取得突出成就的方面，是史料建设。史料不等于研究，但却是研究工作的前提和基础，也是一代学风的具体体现。20世纪50年代以来，在政治不但统率业务而且取代业务、挤瘪业务的环境中，史料工作不可能受到重视。"大跃进"期间编辑出版的一些"中国现代文学史参考资料"，出于所谓"政治需要"，收录的原文往往被删节，改动到遍体鳞伤、"惨不忍睹"的地步。新时期真正迎来了中国现代文学史料工作大丰收的季节。樊骏先生曾用七八万字的篇幅作了详尽而专门的评述，我这里只能作些扼要介绍。这阶段出版的各种基本建设性资料汇编之多，前所未有。由社会科学院文学研究所发起、全国七十多所高校人员参加编纂的整套《中国现代文学史资料汇编》，规模宏大，总计达一百八十多卷，五六千万字（尚未出齐）。各地出版的史料也相当多，如《上海"孤岛"时期文学资料丛书》《抗战时期桂林文化运动史料丛书》《江苏革命根据地文艺资料汇编》等；有些地区

---

① 鲁迅：《准风月谈·关于翻译（上）》，《鲁迅全集》第5卷，人民文学出版社1973年版，第343页。

还出版了专门的刊物，像《东北现代文学史料》《抗战文艺研究》《延安文艺研究》《晋察冀文艺研究》。作家传记、作家评传丛书已出了三四套，共三四十种。作品丛书也出了不少。20世纪30年代出了第一个十年的《中国新文学大系》，现在已经继续出完了第二个十年和第三个十年。以延安、上海、重庆为中心的当年的创作丛书也都已出版，其中《中国抗日战争时期大后方文学书系》达到相当规模。再加上一些作家的全集、文集的编辑出版，可以说现代文学创作成果得到了有史以来第一次全面整理。这些工作所获得的最明显的收获，是收集与发掘了大批珍贵的史料和佚文。例如，关于闻一多，据一位学者说：本时期"经发掘整理已刊发的佚著有诗、文、书信及学术论著等，估计总数当在七十万字左右"。①《赵树理文集（续编）》专收佚文，竟有一百多篇，二十多万字。老舍，仅《小说集外集》就收了小说佚文十六篇，十多万字。丁玲据说也"有八十多篇文章从未结集过"②。由于佚文的发现，鲁迅更被确定地证明是尝试散文诗这种外来体裁的第一人，巴金、老舍的文学生涯则向前推了好几年。由于朱自清、老舍、周扬、周立波、李广田等的文学史或文学理论讲稿的发现，中国现代文学理论批评史料也得到了很大的丰富。在文学运动方面，一些重要资料

① 江锡铨：《闻一多研究四十年》，收入季镇淮主编《闻一多研究四十年》一书，清华大学出版社1988年版，第528—529页。

② 袁良骏：《〈丁玲集外文选〉编者后记》。

的发现，澄清了某些争议，甚至改变了人们的根本看法。根据 1930 年 10 月 10 日中共中央机关报《红旗日报》的报道，蒋光慈确实被开除党籍，足见"左"倾路线何等粗暴。从海伦·斯诺保存的《鲁迅和斯诺谈话整理稿》，可以看到鲁迅对许多问题的宝贵见解。而中共中央机关刊物《斗争》第三十期（1932 年 11 月 3 日）上刊载的张闻天用"科特"笔名写的《文艺战线上的关门主义》一文，更具有非常重要的意义，提高了我们对许多问题的认识。史料工作的丰收不仅表现在具体资料上，更可贵、更有意义的是培育了良好的学风，锻炼了一批出色的学者。像朱正，纠正了许广平回忆录中的一些错误。像程中原，用严密的科学方法令人信服地考证了"科特"即张闻天。王景山关于《新青年》同人信件的排比考释，也是范例。当然，巴金建议成立的中国现代文学馆，既体现了新时期史料工作的突出成就，又对新时期史料工作起了重要的推动作用。朱金顺《新文学资料引论》的出现，也是新时期史料建设的可喜成果。

在上述这些变化的背后，隐藏着理论观念上的变化，是对党性与真实性、客观性的关系有了新的觉悟。这对历史科学来说是一种根本性的觉悟。我们过去强调无产阶级党性，认为有了党性就会有真实性，用周扬的话来说，"愈是贯彻着无产阶级的阶级性、党派性的文学，就愈是有客观的真实性的文学"[1]。从 20 世纪 30 年代到五六十年代，先后批判苏汶、秦兆

----

① 周扬：《文学的真实性》，《现代》第 3 卷第 1 期，1933 年 5 月。

阳、冯雪峰、李何林、巴人等重视真实性、强调写真实一类观点，把它们说成资产阶级或修正主义观点，从而否定文学研究、历史研究中的客观态度，把客观性和倾向性对立起来。其结果，无论在创作或研究中都产生很不好的影响，甚至闹出大笑话，损害我们的事业。痛苦和挫折教育了我们：只有重视真实性，坚持科学性，才真正有利于我们党，有利于人民的事业。邓小平同志把党性归结为实事求是，这一阐述十分精辟。新时期以来，学者们普遍重视原始材料和研究工作中的实证态度，坚持讲真话，坚持严谨求实和勇于创新的学风，才取得了多方面的突出成就。

回顾学科十五年来迅速前进的步伐，我们不但感到振奋，而且产生一种强烈的预感：中国现代文学研究正处于更大发展、更大变动的前夕，它在酝酿着一场重大的突破。这一突破可能在三五年之后，也可能在七八年之后，时间长短视我们的主观努力而定，但不久的将来一定会到来则是无疑的。因为种种迹象、种种根据都在证实这一点。

第一，我们的学科不再年轻，它正在走向成熟。如果说近、现、当代文学史分期问题的讨论可以看作学科将进一步发生全面深入的变革的一个序曲，那么，"20世纪文学"概念的提出更是一种催化剂，使这场变革势在必行。一旦真有一批学者能打通起来对20世纪中国文学（包括它的重要文学现象、重要文学思潮和代表性作家作品）下功夫进行一番较深入的研究，一旦真有这样一批成果出现，突破就很有可能较快到来。

第二，我们的研究方法也正在进一步完成这种变革。传统的史学方法和西方的实证方法正在大面积地开花结果。马克思主义的历史批评、审美批评方法也将运用得更有深度，更为圆熟。加上前些年文学研究方面多种新方法的介绍和更多的实际操作，我们的研究角度、方法都在得到更新和丰富。这些不同方法的综合，可能产生高质量的学术成果。今后的研究形态会更加多元化，也更加个性化。这同样是我们学科走向成熟的一种标志。

第三，文学研究的新架构正在形成。新时期以来比较文学的兴起，大大推动了中外文学关系研究的深入。与此同时，现代文学与传统文学关系的研究，新文学与通俗文学关系的研究，也越来越受到更大的注意。这几方面都产生了比较出色的成果。近年来，我们又开始重视现代作家、现代文学流派和区域文化关系这方面的课题——湖南将出版一套"20世纪中国文学与区域文化"丛书。所有这些，都使我们从横的方面和纵的方面更加贴切、更加深入地了解中国现代文学赖以构成的各种质素，从而更加准确地宏观地把握20世纪中国文学。

第四，近几年来，中国现代文学学科史的研究也已颇具规模地展开。不但鲁迅研究史、老舍研究史、巴金研究史、丁玲研究史、曹禺研究史一类专著（虽然名称不一定都叫"史"）陆续出版，而且以整个现代文学学科为对象的学科研究史也已有了三四部（有的已经出版，有的正在出版）。现代文学研究方面几位做出重大贡献的人物，像李何林、唐弢、王瑶的学术思想，现在也正在进行专题的研究。这就大大充实了学科史的内容，增进了学科史的深度。一个学科有史可写，这本身就是一种标志，说明中国现代文学研究正在走向成熟，必然走向成熟。

第五，史料建设方面开始具有的较好基础，也为学科走向成熟准备着条件。大型工具书正在慢慢齐备。四百万字的《中国现代文学期刊目录汇编》，为整个现代文学研究提供了巨大的方便。规模较大的《中国现代文学总书目》也已出版。如果重要报纸的文学副刊目录也能汇编起来，那么我们的资料工作便可以说基本改观。

再过五年，我们就要跨入 21 世纪。站在世纪之交展望未来，我们更感到责任和压力的重大。让我们用扎扎实实的努力，为中国现代文学研究的重大突破做出贡献，迎接充满希望的新世纪！

1994 年 4 月末写毕，7 月修改

原载《中国现代文学研究丛刊》第六十二期

中国文化的精神出路 ①

　　中国文化，如果从轩辕黄帝时算起，已经有六千三百五十年左右（据学者钱锺书考查的材料）。若从春秋战国相接时算起，至今亦已两千五六百年，可以说久远而又丰富。《周易大传》有两句话："天行健，君子以自强不息；地势坤，君子以厚德载物。"一是自强不息，一是厚德载物，这八个字体现了中国文化的性格：具有坚韧顽强、绵延不绝的活力和包容万物、融会更新的品格。既有乐天知足的豁达，又有居安思危的清醒。

　　在道德本体上，中国文化早已确立了仁义、和合、忠恕、孝悌、中庸等核心观念。这类核心观念都是中华民族长期探索、研究、创造的成果。在古代中国人看来，自然过程、历史过程、思维过程，在本质上具有同一性。老子讲："人法地，地法天，天法道，道法自然。"庄子提倡："与天为一。"所以，

---

　　①　此文系作者在中国社科院文学所的讲座

从根本上看，中国人是讲究"天人合一"的，在国际横向关系上，又是讲究"协和万邦"的。这"协和万邦"，作为思想主张，既是一种精神成果，也会变成"物质成果"，不仅受到整个国际社会的欢迎，也惠及本国的发展与繁荣。

中华文明能够成为世界四大古代文明中仅存的硕果，就来源于这些精神思想能够推动中国文化不断继往开来、融合蜕变、推陈出新。

拿清末思想家黄遵宪具有划时代意义的著作《日本国志》来说，它诠释的就是一种承上启下、包容互惠的文化理想，体现了古代文化的精神出路。应该说，这就是黄遵宪所认为的一种精神坦途。

我的岳祖父，即被当代学者誉为著名爱国实业家、教育家、乡村建设先驱和社会改革家的卢作孚先生，也是践行和发扬光大中华优秀传统文化的代表人物之一。他自幼师从晚清举人、著名史学家张森楷学习中国传统文化，青年时代又饱览西方文明的进步书籍，并将二者的精髓融会贯通，从中探寻出中国社会转型及文化创新求存的根本办法，早在 20 世纪初就提出了，以世界最先进的精神文明和科学技术为目标，"将整个中国现代化"[①] 的整套主张。具体来说，就是实现产业、交通、国防和文化的四个现代化。有学者指出："在旧中国，提倡教

---

① 卢作孚：《从四个运动做到中国统一》（1934），凌耀伦、熊甫主编：《卢作孚文集》（增订本），北京大学出版社 2012 年版，第 219 页。

育救国、实业救国者，早有人在，但没有提到实现国家现代化的高度。孙中山的民生主义、建国大纲及实业计划，已有明白的现代化思想，可在此以后，更明确提出'现代化'口号，并对其具体内容和目标做了明确规定的人，卢作孚还是第一个。"[1] 不仅如此，他从 20 世纪 20 年代开始，还亲自主持了三大现代集团生活试验，即成都通俗教育馆、民生实业股份有限公司和以北碚为中心的嘉陵江三峡现代乡村建设，作为"小至于乡村大至国家的经营的参考"[2]。三大试验所取得的精神和物质成果，至今仍在发挥余热。

我的祖父严伯勳是清末取消科举考试之前的最后一批秀才。我开始学说话时，即在祖父教授下学识字。两岁已识字三四百个。三岁起由祖父口授唐诗。抗战前夕识字近千。到了五岁，父亲又请了私塾先生教我读《孟子》和《论语》。这些启蒙学习无疑为我打下了传统文化的基础。我七岁进正规学校读书，插入三年级，直至高中三年级毕业为止。高中二年级时，我在《淞声报》上发表《巳生嫂》《不堪回首》等短篇小说。高中毕业后，我接着在华东人民革命大学学习半年，又到安徽省先后参加四期土改。这个阶段接触和阅读了不少古代和近现代文学书籍，增进了我对文学的爱好。

---

① 凌耀伦、熊甫主编：《卢作孚文集·前言》（增订本），北京大学出版社 2012 年版，第 12 页。

② 卢作孚：《四川嘉陵江三峡的乡村运动》（1934），《卢作孚文集》（增订本），北京大学出版社 2012 年版，第 278 页。

1956 年我以同等学力考上北大主攻文艺理论的副博士研究生，在此期间得到杨晦、钱学熙等名师指导，集中阅读了大量古今中外的经典名著（他们开出的书单就有中外古今的一百五十多本），使我获益匪浅。学习两年之后，我被提前分配工作，为二十多名苏联、东欧、朝鲜、越南留学生讲课，从事近现当代文学史和文学批评的教学与研究，前后已超过一个甲子。除了完成教学任务，我还担任过一届系主任的行政工作。几十年来，我在跌宕起伏的文学浪潮里摸爬滚打，有了一些心得体会，撰写了近四百篇文章，出版了二十二本书，独立或与他人合作编撰了多本研究文集和教材。现得到北京大学中文系和新星出版社的大力支持，汇编为十卷本《严家炎全集》，与有兴趣的读者分享。

本《全集》所挑选的文章，不仅与我的教学相关，也与文学史研究和文学批评的热门话题相互辉映，比如关于五四文学革命的性质；比如由长篇小说《创业史》引发的如何写好"中间人物"的论辩；比如"文革"后拨乱反正，重上文学研究正轨的诸多问题；发掘和梳理现代文学史上各流派的贡献；还有对鲁迅复调小说的发现和评论；对姚雪垠长篇历史小说《李自成》的评价；对以金庸为代表的武侠小说的肯定和研究；以及对文学史分期的思考和讨论；等等。根据这些文章的内在逻辑，分别收入了第一卷《考辨集》，第二卷《知春集》，第三卷《求实集》，第四卷《中国现代小说流派史》，第五卷《论鲁迅的复调小说》，第六卷《金庸小说论稿》，第七卷

《问学集》，第八卷《朝闻集》，第九卷《随笔集》和第十卷
《对话集》。

　　纵观我几十年来的教学与研究，可以清晰地看到贯穿其
中的一条主线，就是中国文学的现代性问题。文学与文化密
切相关，你中有我，我中有你。在中国文化寻找精神出路的
同时，中国文学也没有一刻的停顿。我在收入第八卷的《文
学现代性问题漫议》一文中，开篇就写道："历史悠久的中国
文学，到清王朝的晚期，发生了前所未有的重大转折：开始
与西方文学、西方文化迎面相遇，经过碰撞、交汇而在自身
基础上逐渐形成具有现代性的文学新质，至'五四'文学革
命兴起则达到高潮。从此，中国文学史进入一个明显区别于
古代文学的崭新阶段。"文中阐述了何为文学的现代性，导致
中国文学发生现代性嬗变的内外原因及其必然性。实际上，
我从 20 世纪 60 年代初起就开始思考这个问题，这一思考或
多或少地体现在我大部分的文章中。21 世纪初，承蒙中国
高教出版社邀请，我主编了大学教材《二十世纪中国文学史》
三卷本，我以多年的思考和研究为基础，首次在教材中对
"中国现代文学的'起点'问题"作了阐述（请见本《全集》
第一卷第一篇），指出中国现代文学的起点，并非在五四新
文化运动时期，而是早于此三十多年的晚清末期，即 1880 年
左右，其理由与依据都离不开文学的现代性特征。与此同时，
我还将前面提到的《文学现代性问题漫议》一文，作为这套
教材的引论，即《二十世纪中国文学的现代性特征》，从而

确立了这套教材的基调和主线。

中国文化和文学的精神出路究竟在何方，中国文化和文学的现代性问题还需要做哪些深入的探索和研究，是新一代同人们所面临的新课题。希望寄托在你们身上！

原载《现代中文学刊》2020 年第 6 期

中国文学史百年研究的回顾与反思 [①]

　　2004 年适逢林传甲与黄人两部最早的《中国文学史》面世或撰著一百周年，两位前辈学者当年所在的北京大学中文系、苏州大学（原东吴大学）文学院，联袂在苏州大学举办了"中国文学史百年研究（1904—2004）国际研讨会"。会议不仅就林、黄两位学者的文学思想、文学史观及其史著的价值、意义进行了比较充分的讨论，取得了基本一致的共识，而且就近百年来中国文学史研究的历程进行了回顾，反思了文学史研究的不同途径、范式、方法给予教材成果的影响，对这些途径、范式、方法各自存在的长处、弱点做出了细致的分析和有益的探讨。会议的不少论文还就中国文学发展中若干重要环节、重要专题提出了独特而富有启发性的见解，大大有助于这些方面

---

　　① 本文原是作者在 2004 年 11 月 7 日为北京大学中文系、苏州大学文学院联合举办的"中国文学史百年研究（1904—2004）国际研讨会"做的学术总结。刊出时内容略有增补。

的继续深入研究。

这次会议有三个显著特点。

一是多学科围绕一个中心共同研讨。与会的专家学者来自中国古代文学、现当代文学、文艺学、比较文学、通俗文学五个较大的学科；他们从各自的角度和侧面去接触"中国文学史百年研究"这个中心议题，自然地形成相互切磋、相互补充、相互修正的平等对话，因而容易获得比较全面而接近本质的认识。对于我这个平时开惯了单科学术会议的人来说，尤其具有新鲜感，开幕式上，当我听到北京大学陈跃红先生致辞提到中国文学史首先不是由中国人写的，最早的作者和著作应该是英国剑桥大学教授翟理斯（H. A. Giles）的英文本《中国文学史》（1901），日本学者末松谦澄的《"支那"古文学略史》（1882），笹川临风的《"支那"文学史》（1904），认为这些著作对中国学者都有影响时，我马上想到了陈先生从事比较文学研究的特定学术身份。大会发言中，当复旦大学陈引驰教授以美国《宇文所安〈中国文学思想读本〉的学术取径》为题作发言时，我再一次感受到了多学科专家共同讨论问题的优越性。同样，王元骧先生从文艺学角度探讨文学史的写作，听来也别有新意。读日本斋藤茂教授论文《面向新的百年中国文学史研究的两个问题》时，我作为中国学者，实在感到很受教益，觉得我们很需要听取外国同行的这类意见。苏州大学吴企明教授在他很有见地的论文《文学史研究中的"融通"问题》中说得好："'融通'问题涉及的学术领域极广。中国文学的发展与外来文化、文学有密切关系，这涉及中外融通的问题。文学发展又与多学科发展有密切关系，这涉及多学科融通问题。文学发展还存在各种不同文体之间产生相互影响的现象，这涉及多文体融通的问题。"借用吴先生这个说法，苏州大学举办的这次多学科国际研讨会，或许可以说就是文学史研究的一种"大融通"吧。

二是论文的高质量。会议收到的四十多篇论文中，大批属于质量较高、有新的发现和新的见解的学术论文。暂且搁下有关林传甲、黄人《中国文学史》的多篇论文不说，像杨义先生的《再论重绘中国文学地图》，就以一种新的方法、新的角度和新的见解来阐释中国文学史，它不但绘制着新的文学地图，而且考察和研究着汉族文学与少数民族文学的关系。作者用"中心凝聚力"这个概念说明着汉族文学，用"活力"这个概念说明着少数民族文学，还将少数民族的《格萨尔》《江格尔》等几部史诗和世界各国的史诗从规模上做了比较，来说明中国文学在世界文学中的地位，让人很开眼界。像陈平原先生的论文《被遗忘的文学史》，谈到他从巴黎法兰西学院汉学研究所那里发现了吴梅"五四"前夕在北京大学印发的《中国文学史》讲义的唐宋至明代部分，弄清了不少问题，也是很有意义的。即使在中国文学史若干重要环节、重要段落、重要专题的理解上，一些论文也表现出了新意。例如，台湾东吴大学许清云教授的《元兢调声三术在中国文学史上的地位》一文，根据日僧空海《文镜秘府论》中的资料加以钩沉并作阐述，恢复了元兢这位在唐诗发展上很有贡献的声律学家的地位。罗时进教授的

《"前李杜"时代与"后李杜"时代》一文，打破学术界通常将唐代诗歌史区分为"初、盛、中、晚"四段的说法，改用"前李杜"和"后李杜"两个时代去代替。这绝不是要单纯在文字上花样翻新，而是基于对唐代诗歌发展内在转折关键的深入研究之后才得出的看法。作者认为："李（白）杜（甫）在开（元）天（宝）之际出现，是我国古典诗歌创作的一次登峰造极，其最重要的意义是诗歌回到民间状态以后对宫廷创作的全面超越。"文章引用大量史料对此做了较细致的论述，足以引人思考。另外，台湾佛光大学前校长龚鹏程教授的论文《冯梦龙的春秋学》也对学术界通行的晚明文化观提出了不同意见。龚教授由文学和思想二途，详细考察冯梦龙的春秋学，认为冯"根本不反礼教，因为他最重春秋大义"，"他只不过是位畅销书的编辑人或出版商，科举用书与俚俗小说、淫艳曲子一样，都是适应市场流俗之需的"。对龚鹏程先生的见解，人们可能会有不同看法，但必须认真对待和细心钻研才能回答。可以说，这篇有分量的论文将把晚明文化性质到底是否属于资本主义萌芽的争论大大引向深入。至于在 20 世纪中国文学的范围内，有一批论文同样值得我们重视，如：朱栋霖教授的《国家级教材〈中国现代文学史 1917—2000〉的编写》（以"人"的发现与"人"的观念演变作为 20 世纪中国文学发展的内在动力），范伯群教授的《谈中国文学史研究现在进行时》，俞兆平教授的《中国现代文学史上古典主义思潮的历史定位》，胡小伟研究员的《形式逻辑的输入与公案小说的嬗变》，于洪笙教授的《侦探小说在中国百年考》，刘卫国先生的《论新时期中国现代文学研究范式的嬗变》等，它们都提出了不少重要的可供人思考的见解。虽然我得到的论文并不齐全，很可能将一部分重要的论文遗漏了，但据此管窥全豹，也足见这次会议论文内容之丰富和质量之齐整了。

三是切入学术议题之快速与深入。大会从一、二场起，便先后请几位教授就林传甲、黄人两种《中国文学史》作很有学术内容的发言：复旦大学王水照教授报告了《国人自撰文学史"第一部"之争及其学术史意义》，香港科技大学陈国球教授报告了《"文学史"的名与实：论林传甲的〈中国文学史〉》，苏州大学王永健教授报告了《先驱的启示——纪念黄人〈中国文学史〉撰著一百周年》。他们都对百年前的两种文学史做出客观公正的历史评价。正如王水照等先生所说，林传甲的文学史在时间上略早于黄人，但时间的第一并不等于素质的第一，林著在内容、见解上问题较多，名不甚符其实，倒是黄人的文学史，确实在当时条件下较好地尽到了开拓者的责任。正是从中国文学史百年研究的回顾这个核心课题出发，会议的议题辐射到了各个方面，与会人员才能不断聆听诸如黄维梁教授的《中国最早的文学史：〈文心雕龙·时序〉》，程章灿教授的《一个英国汉学家眼中的中国文学史》，陈松雄教授的《六朝丽词在中国文学史上之地位》，王锺陵教授的《二十世纪文学史研究之回顾与反思》，袁进教授的《中国现代文学研究应当有旧体文学的地位》等重要发言。

切入学术议题之快与深，这不仅反映了大会拟定的议题之适当，而且也反映出中国文学史研究经过最近二十年左右的酝酿与推进，已经到了一个即将发生学术上重大变革的时期。在这样一个转折性关头，我们抓住纪念南北两种文学史著作诞生百年的机遇，开了一次成功而又紧凑的国际学术研讨会，回顾与反思了近百年的中国文学史研究，必将对整个文学史学科的今后发展起到重要的推动作用。为此，与会者都要深深感谢直接策划了这次会议并付出了巨大劳动的苏州大学文学院和朱栋霖先生，向他们表示衷心的敬意！

趁此机会，我还想就近、现、当代文学史问题说点个人的看法。

我曾经部分地翻阅了最近几年出版的《二十世纪中国文学史》《近百年中国文学史》等六七种文学史教材。因为只是抽取某些部分翻看，不是从头到尾全部阅读，所以不具有全面评估的资格。就书的体例和局部翻看的章节而言，可以感到这些教材与过去的教材相比，有几个明显的长处：一是时间上打通了近代、现代、当代，地域上打通了中国大陆、台湾、香港，不但有抗战时期的国统区、解放区文学，而且还包括了若干沦陷区的作家。二是学术思想上比较实事求是，不但还了长期蒙冤的一批革命作家历史的本来面目，也对长期遭轻视的通俗文学以及张恨水、刘云若、秦瘦鸥、金庸、梁羽生等作家给予应有的评价，还对林纾、学衡派、战国策派、徐訏、无名氏等历来被放在对立面位置上的作家作品重新作了论述，而且对台湾或海外一批有成就的作家像张爱玲、白先勇、余光中等敢于给予应有的肯定。三是对妨碍我们做出科学评价的若干思想障碍和"左"的思潮有所清理，对恩格斯所讲的历史发展归根结底是由一种"合力"的科学论断有了新的体会。应该说，这是继20世纪80年代初解放思想以来文学史学科领域内再次取得的很大进步。

但是，目前这批教材还带有明显的急就章的痕迹。同一本书内部的质量很不平衡。参加每本书写作的队伍非常宏大，人员往往多到三十名左右。前后的见解也不尽一致。特别在文学史如何保持作品原有的审美风貌和审美特性方面，似乎还存在比较大的问题。复述作品也是一种艺术，经过复述以后，应该让读者感到很有味道，感到它和平庸的作品不一样，很想去读原著。因此，落笔之前，撰写者应该重新去读一遍作品，感受和把握原作的审美风貌，将它的精彩处、深刻处在笔下很好地保存下来，传达出来。而现在的一些文学史，在这方面有着不同程度的距离。包括鲁迅的作品，一经复述和概括，也变得平淡无奇了，一般化了，丧失了原有的深刻性，让人不想读了。这样就很容易回到过去的庸俗社会学的道路上去。此外，知识性差错太多，落笔太随便。根源在于不是读原始材料，不是读第一手材料。有的书中引述的文字是1915年《青年杂志》上发表的，但引号之内居然提到"五四"如何如何，这本来是一眼就可以望穿的错误，却在教科书中出现了。再有，责备陈独秀"打倒古典文学"的话，以及认为"五四"有"打倒孔家店"口号的，也不止在一本书中出现。像文学研究会丛书有多少种，这是查一查就可以弄清的，却还是弄错了。有的教材吸取美国华人学者林毓生教授的研究成果，认为五四新文化运动"全盘反传统"，造成了中国文化的"断裂"，并且带来了几十年后的"无产阶级文化大革命"。这个说法靠得住吗？有什么根据？我们身在大陆、经历过"文革"、又研究过"五四"的人都知道："文革"和"五四"恰恰是反方向的运动。"文革"在上面中共党内民主生活受到破坏；在下面是个人迷信非常盛行；上下两个条件的结合，才会发生"文革"。而这两个方面，正是"五四"所要反对的。"五四"提倡民主，就是为了要反对封建专制；"五四"提倡科学，就是为了要反对愚昧迷信。"文革"正是"五四"所要反对的那些东西在新的历史条件下的恶性发作，我们怎么能把"文革"归因于"五四"呢？"五四"确实有偏激的东西，但这种偏激和形式主义，毛泽东主席在 20 世纪 30 年代末 40 年代初就作过批评和否定。而且当时的毛泽东主席还说过："从孔夫子到孙中山，我们应当给以总结，承继这一份珍贵的遗产。"他当年肯定孔夫子是珍贵的文化遗产，可见与 1974 年所谓"批林批孔"的闹剧也是不相同的。林毓生先生在美国不知道这些，我们在中国大陆经历过"文革"的人，应该是知道的。我们怎么能把"五四影响后来的'文革'"这类说法写进教科书呢？！

　　总之，文学史打通近代、现代、当代这个方向是对的，但 20 世纪文学史要写得好，有赖于作者较高明的史识（包括掌握第一手资料，不人云亦云）和独到的审美眼光。百年前，黄人的《中国文学史》之所以高出一头，就在于史识和审美眼光之超越。他论《史记》时说："古文学，以盲史、漆园、楚骚及《史记》为极作。然三家各树一帜，而不能相兼；兼之者，迁也。"他认为《左传》、《庄子》、楚骚各有所长，然而到司马迁的《史记》才融汇了这些长处，达到新的高度。这个见解可以说十分精当。直到今天，我们都应该学习黄人的这种史识和审美眼光。

原载《韶关学院学报》2005 年第一期

中国现代文学的"起点"问题

　　中国现代文学起点在何时？——这个问题的提出，并非始于近年。实际上，早在半个世纪以前，我就根据当时掌握的部分史料，已向有关方面的领导提出过。

　　记得那是 1962 年秋天，在前门饭店连续举行三天审读唐弢主编的《中国现代文学史》提纲（有十五六万字）会议上，我曾利用一次休息的机会，向当时与会的中宣部副部长林默涵提了一个问题："黄遵宪 1887 年定稿的《日本国志·学术志》中，已经提出了'言文一致'、倡导'俗语'（白话）的主张，这跟胡适三十年后的主张是一样的，我们的文学史可不可以直接从黄遵宪这里讲起呢？"林默涵摇摇头，回答得很干脆："不合适。中国现代文学史必须从'五四'讲起，因为毛主席的《新民主主义论》已经划了界线：'五四'以前是旧民主主义，'五四'以后才是新民主主义。黄遵宪那些'言文一致'的主张，你在文学史《绪论》里简单回溯一下就可以了。"我当然只能遵照林默涵的指示去做，这就是"文革"结束后到

1979 年才由人民文学出版社出版的《中国现代文学史·绪论》里的写法。它简单提到了黄遵宪《日本国志·学术志》，提到了黄的"适用于今，通行于俗"的语文改革主张，以及"欲令天下之农工商贾妇女幼稚，皆能通文字之用"的理想，但打头用来定性的话却是："中国现代文学发端于五四运动时期"，"现代文学是新民主主义革命时期现实土壤上的产物"。之所以会形成这种状况，一方面是政治结论框住了文学历史的实际，另一方面又跟当时学术界对文学史料的具体发掘还很不充分也有相当的关系。

所谓中国现代文学史，是指主体由新式白话文写成，具有现代性特征并与"世界的文学"（歌德、马克思语）相沟通的最近一百二十年中国文学的历史。换句话说，中国现代文学之所以有别于古代文学，是由于内涵着这三种特质：一是其主体由新式白话文所构成，而非由文言所主宰；二是具有鲜明的现代性，并且这种现代性是与深厚的民族性相交融的；三是大背景上与"世界的文学"相互交流、相互参照。理解这些根本特点，或许有助于我们比较准确地把握中国现代文学与古代文学的分界线之所在。

中国现代文学的开辟和建立，是经历了一个过程的。它的最初的起点，根据我们现在掌握的史料，是在 19 世纪 80 年代末 90 年代初，也就是甲午的前夕。

根据何在？我想在这里提出三个方面的史实来进行讨论。

黄遵宪早于胡适提倡"言文合一"，
以俗语文学取代古语文学

首先，"五四"倡导白话文学所依据的"言文合一"（书面语与口头语相一致）说，早在黄遵宪（1848—1905）1887 年定稿的《日本国志》中就已提出，它比胡适的《文学改良刍议》《建设的文学革命论》等同类论述，足足早了三十年。"言文合一"这一思想，导源于文艺复兴时期的欧西各国，他们在建立现代民族国家的过程中，改变古拉丁文所造成的言文分离状态，以各自的方言土语（就是法文、英文、德文、意大利文等）为基础，实现了书面语与口头语的统一。黄遵宪作为参赞自 1877 年派驻日本，后来又当过驻美国旧金山领事等职务，可能由多种途径得知这一思想，并用来观察、分析日本和中国的言文状况。我们如果打开《日本国志》卷三十三的《学术志二》文学条，就可读到作者记述日本文学的发展演变之后，用"外史氏曰"口吻所发的这样一段相当长的议论：

> 外史氏曰：文字者，语言之所出也。虽然，语言有随地而异者焉，有随时而异者焉；而文字不能因时而增益，划地而施行，言有万变而文止一种，则语言与文字离矣。居今之日，读古人书，徒以父兄师长，递相授受，章而晋焉，不知其艰。苟迹其异同之故，其与异国之人进象胥舌人而后通其言辞者，相去能几何哉。

余观天下万国，文字言语之不相合者莫如日本。

……

余闻罗马古时仅用腊丁语，各国以语言殊异，病其难用。自法国易以法音，英国易以英音，而英法诸国文学始盛。耶稣教之盛，亦在举旧约、新约就各国文辞普译其书，故行之弥广。盖语言与文字离，则通文者少；语言与文字合，则通文者多，其势然也。然则日本之假名有裨于东方文教者多矣，庸可废乎！泰西论者谓五部洲中以中国文字为最古，学中国文字为最难，亦谓语言文字之不相合也。然中国自虫鱼云鸟①屡变其体而后为隶书为草书，余乌知乎他日者不又变一字体为愈趋于简、愈趋于便者乎！自凡将《训纂》逮夫《广韵》《集韵》增益之字，积世愈多则文字出于后人创造者多矣，余又乌知乎他日者不有孳生之字为古所未见，今所未闻者乎！周秦以下文体屡变，逮夫近世章疏移檄、告谕批判，明白晓畅，务期达意，其文体绝为古人所无。若小说家言，更有直用方言以笔之于书者，则语言文字几几乎复合矣。余又乌知夫他日者不更变一文体为适用于今，通行于俗者乎！嗟乎，欲令天下之农工商贾妇女幼稚皆能通文字之用，其不得不于此求一简易之法哉！

（标点符号为引者所加——严注）

---

① 此处"虫""鱼""云""鸟"四字，当指最初的象形字。

胡适在写《五十年来中国之文学》时，大概只读过黄遵宪的诗而没有读过《日本国志》中这段文字，如果读了，他一定会大加引述，佩服得五体投地的。这段文字所包含的见解确实很了不起。首先，黄遵宪找到了问题的根子："语言与文字离，则通文者少；语言与文字合，则通文者多"，这可能是西欧各国文艺复兴后社会进步很快，国势趋于强盛的一个重要原因。胡适在 20 世纪 30 年代谈到白话文学运动时曾说："我们若在'满清'时代主张打倒古文，采用白话文，只需一位御史的弹本就可以封报馆捉拿人了。"[①] 可黄遵宪恰恰就在"'满清'时代"主张撇开古文而采用白话文，这难道不需要一点勇气么？胡适说："白话文的局面，若没有'胡适之陈独秀一班人'，至少也得迟出现二三十年。"[②] 可是黄遵宪恰恰就在胡适、陈独秀之前三十年，早早预言了口语若成为书面语就会让"农工商贾妇女幼稚，皆能通文字之用"的局面，这难道就不需要一点胆识么？黄遵宪得出的逻辑结论是：书面语不能死守古人定下的"文言"这种规矩，应该从今人的实际出发进行变革，让它"明白晓畅"，与口头语接近乃至合一。事实上，黄遵宪所关心的日本"文字语言之不相合"问题，也已在 1885—1887 年间由

---

① 见《中国新文学大系·〈建设理论集〉导言》。
② 同上。

坪内逍遥、二叶亭四迷发动的文学革命^①倡导以口语写文学作品，真正实行"言文一致"所解决；只是黄遵宪写定《日本国志》时，早已离开了日本，因而可能不知道罢了。应该说，黄遵宪所谓"更变一文体为适用于今，通行于俗者"，这种文体其实就是白话文。不过，由于黄遵宪毕竟由科举考试中举进入仕途，而且是位诗人，自己又未能通晓一两种欧洲语（只是通晓日语），这些局限终于使黄遵宪未能发动一场"白话文学运动"以践行其主张。虽然如此，黄遵宪在《日本国志》中所鼓吹的"言文一致"的思想依然产生了很大的影响，尤其当清廷甲午战败，人们纷纷思考对手何以由一个小国突然变强，都希望从《日本国志》中寻找答案的时候，"言文合一""办白话报"等措施也就成了变法维新的组成部分，声势猛然增大。只要考察不同版本就可知道：该书自 1890 年起就交羊城（广州）富文斋刊刻（版首有光绪十六年刻板字样），却由于请人作序或报送相关衙门等原因，直到甲午战争那年才正式发行。驻英法大使薛福成在 1894 年写的《序》中，已称《日本国志》为"数百年来少有"之"奇作"。到战败后第二年的改刻本印出（1897），又增补了梁启超在 1896 年写的《后序》。梁序对此书

---

① 坪内逍遥从研究欧洲近代文学中得到启发，1885 年发表《小说神髓》，提倡写实主义，反对江户时代一味"劝善惩恶"的主观倾向；二叶亭四迷则于 1887 年听取坪内逍遥的意见，用口语写出了小说《浮云》，体现了"言文一致"的成功。这是日本近代文学史上一场很大的变革。请参阅山田敬三著《中日文化交流史大系·文学卷》第六章，浙江人民出版社出版。

评价极高，称赞黄遵宪之考察深入精细："上自道术，中及国政，下逮文辞，冥冥乎入于渊微"，令读者"知所戒备，因以为治"。可见，包括黄遵宪"言文一致"的文学主张在内，都曾引起梁启超的深思。梁启超后来在《小说丛话》中能够说出"文学之进化有一大关键，即由古语之文学变为俗语之文学是也。各国文学史之开展，靡不循此轨道"，其中就有黄遵宪最初对他的启发和影响。至于裘廷梁在《无锡白话报》上刊发《论白话为维新之本》，倡导"崇白话而废文言"，更是直接受了黄遵宪《日本国志·学术志》的启迪，这从他提出的某些论据和论证方法亦可看出。到戊戌变法那年，《日本国志》除广州最早的富文斋刻本外，竟还有杭州浙江书局的刻印本、上海图文集成印书局的铅印本共三种版本争相印刷，到1901年又有上海的第四种版本，真可谓风行一时了。黄遵宪本人晚年的诗作，较之早年"我手写我口"突出"我"字的主张，也更有新的发展，不但视野开阔，还大量吸收俗语与民歌的成分，明白晓畅，活泼自然，又有韵味，力求朝"言文合一"的方向努力。总之，黄遵宪在中国应该变法维新方面始终是坚定的，一直到百日维新失败、被放归乡里的1899年，他还对其同乡、原驻日大使何如璋说："中国必变从西法。其变法也，或如日本之自强，或如埃及之被逼，或如印度之受辖，或如波兰之瓜分，则吾不敢知，要之必变。"并预言说："三十年后，其言必验。"① 虽然他自己在 1905 年就因病去世，早已看不到了。

黄遵宪的局限，却由同时代的另一位外交家兼文学家来突破了，此人就是陈季同。下面我们的讨论也就逐渐转向第二个方面。

陈季同向欧洲读者积极介绍中国文学，同时又在国内倡导中国文学与"世界的文学"接轨

陈季同（1852—1907）和黄遵宪不一样，他不是走科举考试的道路进入仕途的。他读的是福州船政学堂，进的是造船专业，老师是从法国聘请来的，许多教材也是法文的。他必须先读八年法语，还要学高等数学、物理、机械学、透视绘图学等理工科的课程。而为了学好法国语文，老师要求学生陆续读一些法国小说以及其他法国文学作品。出身书香门第的陈季同十六岁进船政学堂之前，已经受过良好的中国文化和文学方面的传统教育，根基相当厚实。据《福建通志》列传卷三十四记载："时举人王葆辰为所中文案。一日，论《汉书》某事，忘其文，季同曰：'出某传，能背诵之。'"② 可见他的聪明好学、博闻强记和求知欲的旺盛。西学、国学两方面条件的很好结

---

① 见黄遵宪为《己亥杂诗·滔滔海水日趋东》诗作的自注。

② 转引自李华川：《晚清一个外交官的文化历程》，北京大学出版社2004年版，第 11 页。

合，就使他成为相当了不起的奇才。他先后在法国十六年，虽然身份是驻法大使馆的武官，人们称他为陈季同将军，但他又从事大量文学写作和文化研究活动，是个地道的"法国通"。他在巴黎曾不止一次地操流利的法语作学术演讲，倾倒了许多法国听众。罗曼·罗兰在1889年2月18日的日记中写道：

> 在索邦大学的阶梯教室里，在阿里昂斯法语学校的课堂上，一位中国将军——陈季同在讲演。他身着紫袍，高雅地端坐椅上，年轻饱满的面庞充溢着幸福。他声音洪亮，低沉而清晰。他的演讲妙趣横生，非常之法国化，却更具中国味，这是一个高等人和高级种族在讲演。透过那些微笑和恭维话，我感受到的却是一颗轻蔑之心：他自觉高于我们，将法国公众视作孩童……他说，他所做的一切，都是在努力缩小地球两端的差距，缩小世上两个最文明的民族间的差距……着迷的听众，被他的花言巧语所蛊惑，报之以疯狂的掌声。①

可见陈季同法语讲演之成功。他还用法文写了七本书，有介绍中国人的戏剧的著作，有介绍中国文化和风俗的著作，有小品随笔，有《聊斋志异》法译，主要传播中国文学和文化。这些

---

① 转引自《罗曼·罗兰高师日记》中译文，译者孟华。见孟华为李华川著《晚清一个外交官的文化历程》一书所写的《前言》。

书在法国销路相当好，有的还被译成意大利文、英文、德文等出版。值得注意的是，七本书中竟有四本都与小说和戏剧有关，占了半数以上，可见陈季同早已突破中国传统的陈腐观念，在他的心目中小说戏剧早已是文学的正宗了。尤应重视的是，陈季同用西式叙事风格，创作了篇幅达三百多页的中篇小说《黄衫客传奇》，成为由中国作家写的第一部现代意义上的小说作品（1890年出版）。他的学生曾朴（《孽海花》作者）曾说："陈季同将军在法国最久，……尤其精通法国文学。他的法文著作，如《"支那"童话》(*Contes Chinois*)①，《黄衫客》悲剧(*L'hommedela Robe Jaune*)等，都很受巴黎人士的欢迎。他晚年生活费，还靠他作品的版税和剧场的酬金。"曾朴把法文版的《黄衫客传奇》称为"悲剧"，可见他确是读过这本书的。陈季同更早出版的学术著作《中国人的戏剧》(1886年)，则在中西两类戏剧的比较中准确阐述了中国戏剧的特点。"作者认为中国戏剧是大众化的平民艺术，不是西方那种达官显贵附庸风雅的艺术。在表现方式上，中国戏剧是'虚化'的，能给观众以极大的幻想空间，西方戏剧则较为写实。在布景上，中国戏剧非常简单，甚至没有固定的剧场，西方戏剧布景则尽力追求真实，舞台相当豪华，剧院规模很大。作者的分析触及中西戏剧中一些较本质的问题，议论切中肯綮，相当精当。"②

---

① 《"支那"童话》(*Contes Chinois*)，即陈季同选译成法文的《聊斋》二十六篇。

② 引自李华川博士研究陈季同的专著《晚清一个外交官的文化历程》，第57页。

可以说,陈季同是中法比较文学最早的一位祖师爷。后来,陈季同回到国内还采用不同于传统戏曲而完全是西方话剧的方式,创作了剧本《英勇的爱》(1904年由东方出版社在上海出版),虽然它也由法文写成,却无疑是出自中国作家笔下的最早一部话剧作品,把中国的话剧史向前推进了好几年。陈季同所有这些写作实践活动,不但在法国和欧洲产生了影响,而且都足以改写中国的现代文学史。

问题还远不止于此。陈季同的更大贡献,在于当历史的时针仅仅指在19世纪80年代、90年代,他就已经形成或接受了"世界的文学"这样的观念。他真是超前,真是有眼光啊!下面请看他的学生曾朴在戊戌年间所记下的他老师的一段谈话:

> 我们在这个时代,不但科学,非奋力前进,不能竞存,就是文学,也不可妄自尊大,自命为独一无二的文学之邦;殊不知人家的进步,和别的学问一样的一日千里,论到文学的统系来,就没有拿我们算在数内,比日本都不如哩。我在法国最久,法国人也接触得最多,往往听到他们对中国的论调,活活把你气死。除外几个特别的:如阿培尔·娄密沙(Abel Rémusat),是专门研究中国文字的学者,他做的《"支那"语言及文学论》,态度还公平;瞿亚姆·波底爱(M. Guillaume Pauthier)是崇拜中国哲学的,翻译了《四子书》(*Confucius et*

Menfucius）和《诗经》（*Ch'iking*）、《老子》（*Lao-Tseu*），他认孔孟是政治道德的哲学家，《老子》是最高理性的书。又瞿约·大西（Guillard d'Arcy），是译中国神话的（*Contes Chinois*）；司塔尼斯拉·许连（Stanislus Julien）译了《两女才子》（*Les Deux Jeune Filles Lettrée*）、《玉娇李》（*Les Deux Cousines*）；唐德雷·古尔（P. d' Entre-Colles）译了《扇坟》（*Histoire de La Dame a L'éventail blanc*），都是翻译中国小说的，议论是半赞赏半玩笑。其余大部分，不是轻蔑，便是厌恶。就是和中国最表同情的服尔德（Voltaire），他在十四世纪哈尔达编的《"支那"悲剧集》（*La Tragédie Chinoise, Par le Pére duHalde*）里，采取元纪君祥的《赵氏孤儿》，创造了《"支那"孤儿》五折悲剧（*L'orphelin de la Chine*），他在卷头献给李希瑠公爵的书翰中，赞叹我们发明诗剧艺术的早，差不多在三千年前（此语有误，怕是误把剧中故事的年代，当作剧的年代），却怪诧我们进步的迟，至今还守着三千年前的态度。至于现代文豪佛朗士就老实不客气的谩骂了。他批评我们的小说，说：不论散文还是韵文，总归是满面礼文满腹凶恶一种可恶民族的思想；批评神话，又道：大半叫人读了不喜欢，笨重而不像真，描写悲惨，使我们觉到是一种扮鬼脸，总而言之，"支那"的文学是不堪的。这种话都是在报纸上公表的。我想弄成这种现状，实出于两种原因：一是我们太不注意

宣传，文学的作品，译出去的很少，译的又未必是好的，好的或译得不好，因此生出重重隔膜；二是我们文学注重的范围，和他们不同，我们只守定诗古文词几种体格，做发抒思想情绪的正鹄，领域很狭，而他们重视的如小说戏曲，我们又鄙夷不屑，所以彼此易生误会。我们现在要勉力的，第一不要局于一国的文学，嚣然自足，该推扩而参加世界的文学。既要参加世界的文学，入手方法，先要去隔膜，免误会。要去隔膜，非提倡大规模的翻译不可，不但他们的名作要多译进来，我们的重要作品，也须全译出去。要免误会，非把我们文学上相传的习惯改革不可，不但成见要破除，连方式都要变换，以求一致。然要实现这两种主意的总关键，却全在乎多读他们的书。[①]（着重号为引者所加——严注）

这是陈季同长期在法国所感受到的痛彻肺腑的体会。作为中国的文学家和外交家，他付出了许多痛苦的代价，才得到这样一些极宝贵的看法。他发现，首先该责怪的是中国的"妄自尊大，自命为独一无二的文学之邦"，不求进步，老是对小说戏

[①] 引自曾朴答胡适信，原载 1928 年 4 月 16 日出版的《真美善》杂志第 1 卷第 12 号，亦收入胡适《论翻译》文后附录，见《胡适全集》第 3 卷，安徽教育出版社 2003 年版，第 807—809 页。

曲这些很有生命力的文学品种"鄙夷不屑"。其次，陈季同也谴责西方一些文学家的不公平，他们没有读过几本好的中国文学作品甚至连中文都不太懂，就对中国文学说三道四，轻率粗暴地否定，真要"活活把你气死"，这同样是一种傲慢、偏见加无知。陈季同在这里进行了双重的反抗：既反抗西方某些人那种看不起中国文学、认为中国除了诗就没有文学的偏见，也反抗中国士大夫历来鄙视小说戏曲、认为它们"不登大雅之堂"的陈腐观念。陈季同之所以要用法文写那么多著作，就是为了消除佛郎士这类作家对中国文学的误解。他提醒中国同行们一定要看到大时代在一日千里地飞速发展，一定要追踪"世界的文学"，参加到"世界的文学"中去，要"提倡大规模的翻译"，而且是双向的翻译："不但他们的名作要多译进来，我们的重要作品，也须全译出去"，这样才能真正去除隔膜和避免误会，才能取得进步。正是在陈季同的传授和指点下，曾朴在后来的二三十年中才先后译出了五十多部法国文学作品，成为郁达夫所说的"中国新旧文学交替时代的这一道大桥梁"（郁达夫：《记曾孟朴先生》）。事实上，当《红楼梦》经过著名翻译家李治华和他的法国夫人雅歌，再加上法国汉学家安德烈·铎尔孟，三个人合作翻译了整整二十七年（1954—1981）终于译成法文，我们才真正体会到陈季同这篇谈话意义的深刻和正确。可以说，陈季同作为先驱者，正是在参与文学上的维新运动，并为"五四"新文学的发展预先扫清道路。他远远高于当时国内的文学同行，真正站到了时代的巅峰上指明着方向，引导中国文学走上与世界文学交流的轨道。稍后，伍光建、周桂笙、徐念慈、周瘦鹃的新体白话，也正是在翻译西方文学的过程中逐渐形成的。

几部标志性的文学作品

这里再说第三个方面，就是当时有无标志性的文学作品可供人们研究讨论。答案是肯定的：除了前面提到的黄遵宪的"新派诗"之外，陈季同 1890 年在法国出版的中篇小说《黄衫客传奇》，就是很重要的一部。[①] 这部小说当时很受法国读者的欢迎，不久还被译成意大利文出版。1890 年的《法国图书年鉴》就有一段专门的文字介绍《黄衫客传奇》："这是一本既充满想象力，又具有独特文学色彩的小说。通过阅读这本书，我们会以为自己来到了中国，作者以一种清晰而富于想象力的

---

① 也许会有读者产生疑虑：用外文写作的小说可以进入中国文学史吗？我认为，在歌德和马克思先后指出"世界文学正在形成"或者"已经形成"的时代，中国有一些作家用外文来写作品，这件事本身恰恰显示出了鲜明的现代特征。陈季同生活在一百二十多年前的法国，又看到了佛朗士一类作家公开发表在报上的非常看不起中国文学的那些批评，他几乎是情不自禁地拿起了自己的笔。陈季同之外，创造社成员陶晶孙曾用日文写过小说《木犀》，台湾作家杨逵也在日本左翼报刊上发表过《送报夫》等作品（为了躲避日本殖民当局对汉语文学的严密审查），凌叔华用英文发表过自传性小说《古韵》，林语堂更用英文创作过《京华烟云》等一系列长篇作品，鲁迅则在日本《改造》杂志上用日文刊出过文章。认真搜索起来，曾经用外文写作的中国作家人数恐怕还更多。当然，他们的作品也只有被翻译成汉语之后，才能对更广大的中国读者产生影响。所以，我认为，在中国现代文学史里写到陈季同的《黄衫客传奇》，实在是一种非常正当、非常合乎情理的事情。

方式描绘了他的同胞的生活习俗。"《黄衫客传奇》虽然只是一部爱情题材的作品，艺术上却很具震撼力，并显露出鲜明的现代意义。早在"五四"之前三十年，它就已对家长包办儿女婚姻的旧制度以及"门当户对"等旧观念、旧习俗提出了质疑。小说通过新科状元李益与霍小玉的自主而美满的婚姻受到摧残所导致的悲剧，振聋发聩地进行了控诉，促使读者去思考。书中李益那位守寡母亲严酷专制的形象，刻画尤为深刻。两年之后的1892年，韩邦庆（1856—1894）的《海上花列传》也开始在上海《申报》附出的刊物《海上奇书》上连载。《海上花列传》可以说是首部有规模地反映上海这样的现代都市生活的作品。如果说《黄衫客传奇》借助新颖的小说结构、成功的心理分析、亲切的风俗描绘与神秘的梦幻氛围，构织了一出感人的浪漫主义爱情悲剧，控诉了专制包办婚姻的残忍；那么《海上花列传》则以逼真鲜明的城市人物、"穿插藏闪"的多头叙事与灵动传神的吴语对白，突现了"平淡而自然"（鲁迅语）的写实主义特色，显示了作者对受压迫、受欺凌的女性的真挚同情。它们各自显示了现代意义上的成就，同属晚清小说中的上乘作品。虽然甲午前后小说阅读的风气未开，人们对韩邦庆这位"不屑傍人门户"[①]、有独到见地的作家未必理解，因而《海上花》当时的市场反应只是销路平平（颠公：《懒窝随笔》）。但不久情况就有所改变。尤其到"五四"文学革命兴起之后，

---

① 海上漱石生（孙玉声）：《退醒庐笔记》。

那时的倡导者鲁迅、刘半农、胡适，各自用自己的慧眼发现了《海上花列传》的重要价值。胡适在《〈海上花〉序》中甚至称韩邦庆这部小说为一场"文学革命"。近几年上海几位学者如栾梅健、范伯群、袁进等更纷纷撰文探讨这部小说的里程碑意义，为学界所瞩目，我个人也很赞同。所有这些，都从各方面证明：《黄衫客传奇》与《海上花列传》的意义确实属于现代。

如果还要继续列举标志性作品，我想用鲁迅称作"谴责小说"的《老残游记》和《孽海花》两部来讨论。刘鹗（1857—1909）的《老残游记》是文学史上较好的一部。它采用游记结构，正便于实写清末社会而又兼具象征寓意，对《海上花列传》也有所借鉴（如全书开头均由"一梦而起"）。作者阅世甚深，忧国忧民，笔致锋利，文字则含蓄简洁。在第一回自评中，刘鹗就说："举世皆病，又举世皆睡，真正无下手处。摇串铃先醒其睡。无论何等病症，非先醒无法治。"这就是老残到处走江湖、摇串铃，行医"启蒙""醒世"的根由。书中所写治理黄河、揭露酷吏等篇章，亦均极有见地。曾朴（1872—1935）的《孽海花》，其实是历史小说，语言已经是相当纯熟的白话，艺术上比其他被称作"谴责小说"的三本都要高出一筹。鲁迅自己就称赞它"结构工巧，文采斐然"，还夸誉其人物刻画"亦极淋漓"。用杨联芬著作中的话来说："曾朴的《孽海花》因为深入和生动地描绘了傅彩云、金雯青这样一类历史进程中的'俗人俗物'，描绘了他们真实的人性和他们很难用'善''恶'进行衡量的道德行为，以及由他们的生活所联系起来的千姿百态的世态人生，使这部小说显得那样元气淋漓。"① 在这点上，曾朴和他的老师陈季同一样，都受了法国小说很深的影响。郁达夫则更由此推崇曾朴是"中国 20 世纪所产生的诸新文学家中""一位最大的先驱者"。可见在郁达夫的心目中，新文学的起点是在晚清。

以上我们分别从理论主张、国际交流、创作成就三种角度，考察了中国现代文学起点时的状况。可以归结起来说，甲午前后的文学已经形成了这样三座标志性的界碑：一是文学理论上提出了以白话（俗语）取代文言的重要主张，并且付诸实践；二是开始了与"世界文学"的双向交流，既将外国的好作品翻译介绍进来，也将中国的好作品向西方推介出去；三是伴随着小说戏剧由边缘向中心移位，创作上出现了一些比较优秀的真正具有现代意义的作品。这就意味着，当时的倡导人本身已经开始具有世界性的眼光。这些事例都发生在 19 世纪末 20世纪初，看起来似乎只是文学海洋上零星地浮现出的若干新的岛屿，但却预兆了文学地壳不久将要发生的重大变动。它们不但与稍后的"诗界""文界""小说界"的"革命"相传承，而且与二三十年后的"五四"新文学革命相呼应，为这场大变革做着准备。尽管道路有曲折：戊戌变法被扼杀，甚至付出血的代价，国家也几乎到了被瓜分、宰割的边缘，但随着科举制度

---

① 杨联芬：《晚清至五四：中国文学现代性的发生》，北京大学出版社 2003 年版，第 277 页。着重号为引者所加。

的彻底废止,留学运动的大规模兴起,清朝政府的完全被推翻,文学革命的条件也终于逐渐走向成熟。

19世纪80年代末以来的许多文学史实证明:如果说1890年前后中国现代文学已经有了起点,那么,后来的"五四"文学革命实际上是个高潮,其间经过了三十年的酝酿和发展,两三代人的共同参与。黄遵宪、陈季同当然是第一代,梁启超、裘廷梁、曾朴以及其他用白话翻译西方文学的伍光建、周桂笙、徐念慈、周瘦鹃等都是第二代,胡适、钱玄同、刘半农、傅斯年、沈雁冰、郑振铎、郭沫若、郁达夫等则是第三代,陈独秀、鲁迅、周作人可以说第二代、三代的活动都参加过。他们各自创建出不少标志性的业绩,最后在诸多条件比较成熟的情况下,才取得了圆满成功。"五四"文学高潮能够在几年时间内迅速获得胜利,与许多条件都有关系,而"五四"前夕中国留学生已达到近五万人之多,则是一个非常重要的条件。

2013年9月改定,原载《文学评论》
2014年第二期

不怕颠覆，只怕误读①

　　反对五四新文化运动和文学革命的意见，自来就有。新儒学或"后现代"之类的"颠覆"，也可不必多虑。值得注意的，我以为倒是对"五四"的误读。

　　有两种误读：反对派的和我们自己的。

　　例如，有人把五四新文化运动说成"欧洲中心论"的产物，这就是很大的误读。经过工业革命和启蒙运动（旧式的或新式的）而告别中世纪，走向现代化，这并不是欧洲国家独有的模式，而是世界各国或先或后地共同走着的道路。对广大发展中国家来说，倡导启蒙理性和科学精神，追求工业化、现代化，正是为了挣脱帝国主义的枷锁，真正实现民族独立，这与"欧洲中心论"何干？其实，把科学、理性、工业化、现代化当作

---

① 1996年5月9日至12日，中国现代文学研究会在石家庄举行七届二次理事会，河北师院、河北师大、河北大学中文系和河北省社科院文研所联合承办了这次会议，来自全国的数十位著名学者就中国现代文学研究的现状和前途进行了热烈研讨，有共识，有争鸣，新见迭出。本文乃作者在会上的发言。

欧洲国家垄断的专利，这才是真正的"欧洲中心论"！我们理应把这种误读纠正过来。

又如，责备五四新文化运动"全盘反传统"，造成中国文化传统的"断裂"，这也是一种误读。"五四"并没有"全盘反传统"。先驱者只是在帝制复辟丑剧一再发生，纲常名教观念充塞人们头脑的情况下，为了维护辛亥革命的成果，重新评价了孔子，着重批判了封建的"三纲"，使儒家从两千多年的一尊地位还原为百家中的一家而已。即使对孔子，"五四"先驱者仍肯定他为历史上的"伟大人物"。今年《鲁迅研究月刊》第四期上董大中同志的文章详尽论述了"五四"反传统的问题，讲得比较透辟，我推荐有兴趣的读者认真一阅。

也有我们自己的误读。长期以来，出于好心，我们总是强调五四新文化运动反封建的彻底性，强调它的"打倒孔家店"，强调陈独秀的口号"推倒古典文学"，强调"桐城谬种、选学妖孽"即是散文、骈文都不要，等等。其中就包含着许多误解，效果不好。"五四"反封建的彻底性，只是和历史上的文化改革比较而言的，不能简单化、绝对化。所谓"打孔家店"（并无"倒"字），原是胡适在"五四"高潮过去之后为《吴虞文录》作序时的一句戏言。所谓"推倒古典文学"，联系《文学革命论》上下文中对诗经、楚辞、乐府、唐诗和元明清戏曲小说的高度评价，其实只是"推倒仿古文学"的意思。英译本《中国现代文学史简编》把陈独秀这句话译成 Get rid of the literature in the Style of Classics，而不是译成 Get rid of the

Classic literature，这是经过斟酌的。至于"桐城谬种，选学妖孽"，诚如王瑶先生所言，并非否定历史上的散文和骈文，只是攻击民国初年那些桐城派和骈体文的末流而已。可见，事物都有分寸，过分夸张了就会走向反面。

即使对于反对派的意见，我认为也要防止和警惕误读。并非一讲"五四"的毛病就是"颠覆"，就是"反动"。"五四"当时有的先驱者确实有偏激情绪和过激之词（如主张废除汉字，称京剧为"百兽率舞"的野蛮戏），确实有"所谓坏就是绝对的坏，一切皆坏；所谓好就是绝对的好，一切皆好"这种形式主义地看问题的偏向，这在毛泽东主席的《反对党八股》中也是指出了的。从过去的学衡派、鸳鸯蝴蝶派到今天的"后现代"，我们绝不能笼统地把他们一言一行都看作在"颠覆五四"。学衡派的吴宓等人，虽然偏于保守，文学上却是内行，他们的一些评论文章，确有切中新文学时弊之处。鸳鸯蝴蝶派也并非都是新文学的对立面，他们对新事物同样相当热情和敏感。《呐喊》出版之前，就给了鲁迅小说高度评价，尊鲁迅为"世界大小说家"的，是鸳鸯蝴蝶派的理论家凤兮。这个流派中部分作家后来接受了新文学的影响。"后现代"之所以出现，是因为现代化过程中发生了种种问题（诸如环境污染、道德沦丧、世界大战，以及超大规模杀伤性武器的出现等）。"后现代"中有的人对启蒙理性精神的攻击是没有道理的，但他们对科学主义的批评却足以发人思考。在我看来，"后现代"是对"现代"的重要补充，真正的现代性不仅包括以"五四"为代表的现代精神，也应该包括"后现代"提出的种种有价值的内容，正如沈从文的小说不但不应该视作"向后看"而排斥在现代性之外，反因其某种批判锋芒而使现代性变得更为完整、更为充实、更合人性一样（当然，我无意于将沈从文与"后现代"类比）。

我们礼赞"五四"，继承"五四"，又超越"五四"。

原载《河北师院学报》1996 年第三期

"五四""全盘反传统"问题之考辨

　　我今天所要涉及的"五四""全盘反传统"问题，来源于美国的一位学者，就是美国威斯康星大学历史系林毓生教授。他有一本书，叫《中国意识的危机》，1986 年由贵州人民出版社出版，是穆善培先生翻译的。这本书出版以后在中国引起了一定的反响。当时年轻的学者有些赞成，有些不赞成。所以我想借他的这个话题说说我的一些想法。林毓生教授的观点很激烈，他把"五四"和"文革"相提并论，认为"五四"是全盘反传统的，而彻底的反传统就造成了中国文化的断裂，带来了中国意识的危机，影响所及，才会有后来的"文化大革命"。用林教授的话来说："在中华人民共和国的历史中，又重新出现'五四'时代盛极一时的'文化革命'的口号，而且发展成非常激烈的 1966—1976 年间的'文化大革命'，这绝非偶然。这两次文化革命的特点，都是要对传统观念和传统价值采取疾恶如仇、全盘否定的立场。"林先生还认为："20 世纪中国思想史的最显著特征之一，是对中国传统文化遗产坚决地全盘否定的态度的出现与持续。"而首开风气的是"五四"。赞成林教授观点的有的年轻学者，虽然对新文化运动的功绩有所肯定，却也认为："主导'五四'文化运动的领导者与文化的激进主义结下了不解之缘，其表现为以'打倒孔家店'为口号的全盘否定儒家与中国传统文化的激烈态度。"而且我看到有一种教材已经把这种观点写进了《二十世纪中国文学史》中，认为没有"五四"可能就没有后来的"文革"，"五四"直接影响了后来的"文革"。

这样一种说法，我觉得是需要讨论的。把"五四"归入激进主义并不是不可以，与相对保守的学衡派相比，"五四"的主潮当然是激进的。但问题在于，像"五四"这样一场文化运动，能不能叫作"全盘反传统"？我认为这种说法是不符合事实的。我把整个《新青年》——从1915年开始创刊的《青年杂志》（第一卷叫《青年杂志》，第二卷起才叫《新青年》）到1923年成了中共中央机关刊物的《新青年季刊》——都读了一遍，我想讲一些个人的看法。

下面我想分三个问题来讲。

一、五四新文化运动真是"全盘反传统"吗？

我觉得，五四新文化运动有自己的问题，但是不能把这场运动的性质判定为"全盘反传统"。林毓生先生的一个大前提恐怕靠不住：他认为五四新文化运动之所以发生，是因为"辛亥革命推翻普遍君权",造成了"传统文化道德秩序崩溃","五四"就是在这种背景下起来,利用这个空隙来"全盘反传统"的。这就把事情讲反了。辛亥革命是推翻了清朝皇帝,但并没有认真破除君权观念、纲常名教和封建道德,"君为臣纲,父为子纲,夫为妻纲"这一套还在人们头脑中深深扎根。辛亥革命之前民主共和的舆论准备很不够,当时主要是动员汉族起来反对满族贵族的统治,革命内容主要是"反满",传统文化道德秩序并没有崩溃、并没有解体。如果君主专制真的已经成为人人喊打的过街老鼠,那么还会有 1916 年袁世凯的称帝吗?还会有 1917 年张勋的扶植溥仪复辟吗?"五四"的一位学者高一涵在当时就说:辛亥革命"是以种族思想争来的,不是以共和思想争来的;所以皇帝虽退位,而人人脑中的皇帝尚未退位"(《非君师主义》)。这个看法是符合实际的。辛亥革命吃亏的地方,就是不像法国大革命之前有一个启蒙运动,以致革命之后,封建思想、帝制思想还普遍存在于人们头脑里,认为没有皇帝不行。举个简单的例子:连杨度这样一位曾经帮助过孙中山、坚决拥护改革的人,在 1915 年至 1916 年间竟然也提出"共和不适合于中国",他给袁世凯上表"劝进",劝袁当皇帝。所以,林毓生先生所谓"辛亥革命推翻普遍君权",造成"传统文化道德秩序崩溃"这个大前提就搞错了,他没有顾及许多事实,只是出于想当然。

弄清了这个大前提,我们才能正确理解"五四"。可以说,正是由于袁世凯和张勋接二连三的复辟,重新恢复帝制,以及像康有为这样维新运动中的激进人物都主张要把孔教奉为国教，列入民国时代的宪法，都拥护帝制，才引起了新一代知识分子的忧虑和深思。"五四"先驱者们觉得，中世纪的封建文化思想还深深地统治着人们的头脑，所以需要一场新文化运动，所以需要文学革命。陈独秀在《旧思想与国体问题》一文中说得明白：

> 这腐旧思想布满国中，所以我们要诚心巩固共和国体，非将这班反对共和的伦理、文学等等旧思想，完全洗刷得干干净净不可。否则不但共和政治不能进行，就是这块共和招牌，也是挂不住的。

五四新文化运动就是在这样一种特定的历史条件下发生的，它实际上从思想战线的角度为辛亥革命补上了缺少的一课。

在帝制拥护者抬出"孔教"作为护身符的情况下，《新青年》编辑部为了捍卫共和国体，不得不围绕现代人怎样对待孔子和儒家的问题展开了一场争论。1917年年初，在陈独秀发动重评孔学的运动之后，吴虞从四川致信陈独秀说：我常常说孔子自是当时的伟人，然而如果今天有人还要搞孔子尊君的一套，要恢复皇帝的制度，要阻碍文化之发展，要重新扬起专制的余焰，我们就不得不来批判他（大意）。这个话确切地说明了《新青年》是被迫应战的。《新青年》上最早发表的评孔文章是易白沙的《孔子平议》，说理相当平实，作者认为："孔子尊君权漫无限制，易演成独夫专制之弊"；"孔子讲学不许问难，易演成思想专制之弊"；孔子思想被历代君主利用而造成许多悲剧，并不是偶然的。易白沙还认为："各家之学，也无须定尊于一人。孔子之学，只能谓为儒家一家之学，必不可称为中国一国之学。盖孔学与国学绝然不同，非孔学之小，实国学范围之大也。""以孔子统一古之文明，则老庄杨墨，管晏申韩，长沮桀溺，许行吴虑，必群起否认。"态度比易白沙更激烈的是陈独秀。他的《吾人最后之觉悟》《宪法与孔教》二文指出：在民国时代，"定孔教为国教"是倒行逆施；"三纲说""为孔教之根本教义"，"尊卑贵贱之所由分，即'三纲'之说之所由起也。此等别尊卑、明贵贱之阶级制度，乃宗法社会封建时代所同然"。我们如果在政治上要采用共和立宪制，必须排斥这类学说。而且，陈独秀还说，"旧教九流，儒居其一耳"，如果现在学习汉武帝的做法，罢黜百家，独尊孔氏，学术思想就会形成专制，带来的祸患就太厉害了，这种思想专制的可怕远在政界帝王之上。在答常乃德的信中，陈独秀还补充了一句：如果只许儒家一家存在，那么孔学本身也会因为独尊的缘故而僵化、衰落，因为没有人跟它讨论、批评。在《复辟与尊孔》中，陈独秀又说："盖主张尊孔，势必立君；主张立君，势必复辟，理之自然，无足怪者。故曰：张、康复辟，其事虽极悖逆，亦自有其一贯之理由也。"陈独秀由"三纲"为儒家根本思想，得出"孔教与帝制有不可离散之因缘"的结论。

所有这些，都说明新文化运动中骨干人物的评孔批孔，并不是针对孔子本身，而是针对现实中的复辟事件和"定孔教为国教"这类政治举措的。李大钊就说得明白："余之掊击孔子，非掊击孔子本身，乃掊击孔子为历代君主所雕塑之偶像的权威也；非掊击孔子，乃掊击专制政治之灵魂也。"当时那些批评孔子学说的文章，包括陈独秀、易白沙、李大钊、胡适、高一涵以及后来的吴虞，他们的论文今天看来分寸不当是有的，但是没有全盘否定孔子或儒家，更没有全盘否定传统文化。相反，《新青年》在发刊词《敬告青年》中，规劝青年要以孔子、墨子为榜样，树立积极进取的人生态度。陈独秀在《再答常乃德》的通信中，谈到孔子的学说时说："在现代知识的评定之下，孔子有没有价值？我敢肯定的说有。孔子的第一价值是非宗教迷信的态度。……第二价值是建立君、父、夫三权一体的礼教。这一价值，在二千年后的今天固然一文不值……然而在孔子立教的当时，也有它相当的价值。"这就是承认孔子在封建社会发展的初期，他的礼教对封建政治体制有一种稳定、巩固、推进的作用。陈独秀说："孔子不言神怪，是近于科学的。"这当然也是肯定。李大钊的《自然的伦理观与孔子》一文说："孔子于其生存时代之社会，确足为其社会之中枢，确足为其时代之圣哲，其说亦确足以代表其社会其时代之道德。"甚至说孔子如果活在今天，"或更创一新学说以适应今之社会，亦未可知"。他们都称历史上的孔子为"伟人"、为"圣哲"，肯定他做出过很大贡献，只是认为儒家"以纲常立教""焉能行于今日之中国"而已。对于儒家以外的诸子百家，当时新文化运动的倡导者也有分析，春秋时代的墨家就受到很高的评价。《新青年》第一卷第二号发表的易白沙《述墨》一文说："周秦诸子之学，差可益于国人而无余毒者，殆莫如子墨子矣。其学勇于救国，赴汤蹈火，死不旋踵（面对死亡也不后退），精于制器，善于治守，以寡少之众，保弱小之邦，虽大国莫能破焉。"易白沙在文化上的理想是融合西方文化与中国传统文化，兼取二者之长："以东方之古文明，与西土之新思想，行正式结婚礼。"（《孔子平议》下篇）这哪里有"全盘否定传统文化"的意味呢！特别应该说明的是，"五四"当时并没有"打倒孔家店"这个口号（"五四"的口号其实只是一个"民主"，一个"科学"，第三个是"文学革命"，即使在评孔批孔最为激烈的 1916 年到 1917 年，也没有出现过"打倒孔家店"的口号）。那么这种说法是怎么出来的呢？事情只有那么一点因由：1921 年，新文化运动暂时告一段落，胡适为《吴虞文录》作序，用了一些文学性的说法来夸奖吴虞（吴最有名的文章就是《家族制度为专制主义之根据论》，认为中国的家族制度支撑了封建专制社会）。其序的开头说吴虞是打扫孔学灰尘的"清道夫"，末尾说吴虞是"'四川省只手打孔家店'的老英雄"，这才有了所谓"打孔家店"的说法。胡适这一说法，原是一种文学形象，也带点亲切地开玩笑的成分，可以说是句戏言，不很准确。因为第一个评孔批孔的是易白沙，批孔最有力的是陈独秀，吴虞是一年后才卷进来的，怎么靠他的"一只手"呢？而且胡适原话并没有个"倒"字。后人拿胡适这句戏言，加上一个"倒"字，成了"打倒孔家店"，当作"五四"的口号，岂不有点可笑?

反对儒家三纲，革新伦理道德，这是五四新文化运动做的一件大事。另一件大事，就是提倡白话文，提倡新文学，提倡"人的文学"，发动文学革命。这也不像有些人所理解的那样，要把几千年的古典文学完全否定。陈独秀的《文学革命论》里确有那么一句话，就是"推倒陈腐的铺张的古典文学"。但只要读读上下文，就可以看出来，他所要推倒的"古典文学"，其实只是"仿古"的文学，是骈文、排律这类严格讲究规则、讲究声律的古典主义文学。就在这篇文章中，陈独秀用大量文字赞美了传统文学里的优秀部分，从国风，到楚辞，到汉魏以后的五言诗，到唐朝的古文运动，一直到元明的剧本，明清的小说，他都是肯定的，认为是中国文学里粲然可观的部分，给予了很高的评价。只是批判了六朝靡丽的文风，同时批判了明朝主张复古的前后七子和清初桐城派的四位创始人归、方、刘、姚。所以说，陈独秀并没有否定中国的古典文学。如果认为陈独秀的文学革命就是否定古典文学，那是一种误会。

总之，把五四新文化运动说成是全盘否定传统文化、造成"断裂"这种说法，在三个层面上都是说不通、不恰当的：第一，这种说法把儒家这百家中的一家当作了中国传统文化的全盘，这是不恰当的。第二，这种说法把"三纲"为核心的伦理道德当作了儒家学说的全盘，这也是不恰当的。"三纲"在儒家学说中当然是很重要的，是纲领式的，但儒家首先讲的还是

"仁政","三纲"远非儒家学说的全部。"五四"时着重反对儒家学说中的"三纲",怎么就等于把儒家全部否定呢?显然不合逻辑。第三,这种说法忽视了即使在儒家文化中,原本就有非主流的"异端"成分存在。孟子那里已有一些新的思想出现,他主张"民贵君轻",反对把君权抬得那么高,所以朱元璋就不高兴。到了明代后期清代前期,在儒家内部已经出现了具有启蒙色彩的新的文化,像李卓吾、冯梦龙、黄宗羲、顾炎武、颜习斋、戴震等思想家、文学家,他们都是儒家,但是他们有许多新的思想,跟传统儒家很不一样。比如黄宗羲的《原君》就有启蒙色彩,他绝对不会把"君"捧到一个至高无上的地位,谁也不许批评。这样一批人物在儒家几千年的历史上虽然不占主流地位,但这种"异端"成分是相当重要的。辛亥革命时期有一位学者邓实,已经将黄宗羲等"不为帝王所喜欢"的思想称为"真正的国粹"。"五四"除接受西方的科学、民主等外来思潮外,也继承接受了儒家内部这些非主流地位的、"异端"色彩的"真正的国粹"。周作人谈到自己所受古人思想影响时就说:"中国古人中给我影响的有三个人,一是东汉的王仲任,二是明代的李卓吾,三是清代的俞理初。他们都是'疾虚妄',知悉人情物理,反对封建礼教的人,尤其是李卓吾,对于我最有力量。五四时候有一个时期,大家对于李卓吾评论称扬的很多,他的意见都见于所作《焚书》《初谭集》及《藏书》中。这些书在明清两朝便被列为非圣无法的禁书。他以新的自由的见解,来批评旧历史,推翻三纲主义的道德,对于卓文君、武后、冯道诸人都有翻案的文章。他说不能以孔子之是非为是非，可是文章中多是'据经引传'。"① 所以，怎么能说"五四"是对传统文化的"全盘否定"，乃至于造成"断裂"呢？

二、怎样看待"五四"的偏激？

"五四"新文化人物当然有偏激的地方。例如对骈文、对京戏、对方块汉字、对中国人的国民性，都有一些不合适的看法，都有一些过甚其辞的地方。像钱玄同称京戏为"百兽率舞"，似乎看作是一种野蛮的戏；把骈体文骂为"选学妖孽"，把桐城派末流骂为"桐城谬种"；他还主张要废除方块字，要学世界语。产生这类看法的根源，在于他们对进化论历史观，对文艺的进化、文字的进化存在着简单的、自以为科学其实却可能是蒙昧的理解。他们认为，既然欧洲中世纪以后的文学艺术沿着古典主义—浪漫主义—写实主义—自然主义这条路线进化而来，而且写实主义、自然主义又确实同科学上的实证主义有关联，那么，同这种先进的、科学写实的文艺相比，中国那种看重象征的而非完全写实的京戏当然就算是落后、野蛮的了。他们认为既然从文字学上说，象形文字是人类比较初级的文字，拼音文字才是比较先进、比较方便的文字，于是比较难学的方块字当然就应该废除、应该改换成拼音文字了。他们

---

① 周作人1949年7月4日呈周恩来总理信，载《新文学史料》1987年第2期。

不知道，文艺其实很难以出现的先后来决定低或者高，劣或者优，不管发展到什么阶段，文学艺术永远离不开象征和象征手法。有文学就有象征，象征不一定就落后。从《诗经》开始的"赋、比、兴"中的"兴"，就是一种象征。并不是写实就一定是最好的文学，对于诗歌恐怕更是这样。他们也没有想到，如果没有书写统一的方块字，如果早就按方言使用拼音文字的话，中国众多的方言区很可能早已像欧洲那样分裂为许多个小国家了。欧洲许多所谓民族国家，实际上在文艺复兴后才形成。他们语言上的差异并不很大，像法语、意大利语、罗马尼亚语就可以相通，英语、德语也相当接近，可能还没有中国的吴语、粤语、闽南话、客家话和各地区官话之间距离那么大，那么难以沟通。如果中国这么大一个国家没有方块字，没有秦代统一文字这一步，都是方言的话，那就会发生许多问题。但一用方块字来书写，问题就解决了。应当说，方块字大大有助于中国的统一和稳固。他们更没有想到，几十年后当电脑流行的时候，使用方块字的效率丝毫不低于西方的拼音文字，甚至还可能超过拼音文字。所以，"五四"当时所理解的科学，确有幼稚病。

不过，这些偏激之处，在《新青年》内部以及周围就有不同看法。钱玄同废除方块汉字的主张，就遭到他的老师章太炎的反对。鲁迅1918年在《渡河与引路》中就批评钱玄同推广世界语的主张是刚从四目仓颉面前站起来，又在柴门霍夫脚下跪倒。傅斯年也说："钱先生都不曾断定现在的 Esperanto 是将来的世界语。那么 Esperanto 还是一个悬案；我们先把汉语不管了，万一将来的世界语不是他，我们岂不要进退失据吗？"钱玄同说人到四十岁就吸收不了新鲜事物，就应该枪毙，鲁迅后来嘲讽他"作法不自毙，悠然过四十"。胡适提倡白话文是对的，但认为文言是"死的语言"就有点简单化。傅斯年、刘半农等纠正了他的看法。到 1918 年《建设的文学革命论》中，胡适就接受了一些别人的意见，认为新式白话文也可以吸收某些文言成分。周作人提倡"人的文学"功劳很大，但他把《聊斋》《西游记》《水浒传》《三侠五义》都说成"非人文学"就太简单、太片面了。鲁迅的《中国小说史略》就纠正了这类简单片面的观点，胡适也不赞成周作人对某些古典小说的看法。经过内部的交换意见、讨论、批评，后来这些人自己的看法都有变化。钱玄同的思想到 1925 年前后更发生了很大的变化。当然也有一些消极的东西留下了影响，比如胡适的"作诗如作文"的主张。他的反对者梅光迪一直认为作诗和作文在语言上是两条路子，诗的语言和文的语言不一样。梅光迪这个意见倒是对的。但是总的来说，"五四"先驱者偏激的地方都是局部性的，后来在认识和实践中也有所纠正。即使拿"五四"当时不在新文化中心的毛泽东主席来说，他对"五四"的偏激方面也有认识。在抗战时期写的《青年运动的方向》《新民主主义论》《反对党八股》等文章中，毛泽东主席一方面对"五四"肯定得很高，另一方面也清醒地指出"五四"存在着形式主义地看问题的偏向："所谓坏就是绝对的坏，一切皆坏；所谓好就是绝对的好，一切皆好。"似乎西方的一切都好，而中国的一切都糟，毛泽东主席的《反对党八股》就狠狠批评了这种偏向。毛泽东主席在 20 世纪三四十年代的著作里多次讲到孔子，口气都是尊敬和肯定的，特别是在《中国共产党在民族战争中的地位》那篇文章里，讲得非常明确，他说："从孔夫子到孙中山，我们应当给以总结，承继这一份珍贵的遗产。"他称孔子的学说是"一份珍贵的遗产"，可见他没有跟着"五四"偏激方面走。

而且，偏激毕竟不是五四新文化运动的主要方面。总体上看，"五四"是一场由理性主导而非感情用事的运动。当时提倡民主、倡导科学、提倡新道德、提倡新文学，介绍近代西方人道主义、个性主义思潮，主张人权、平等、自由，这些都是服从于民族发展的需要而作出的理性选择。胡适、周作人都鼓吹要"重新估定一切价值"，就是要将传统的一切放到理性的审判台前重新检验、重新估价。在反对了儒学的纲常伦理和一味仿古的旧文学之后，他们又提倡科学方法，回过头来整理中国古代的学术文化。鲁迅写了《中国小说史略》《汉文学史纲要》，胡适写了《白话文学史》《中国哲学史》，进行古典小说的考证，就是要用现代的观点、科学的方法重新整理研究中国古代文化。这就证明他们是要革新传统文化，而不是要抛弃传统文化，不是全盘否定中国的传统文化。可以说，从"五四"起，中国思想的主潮才进入现代。"五四"是一场思想大解放的运动，是把中国的历史和文化大大向前推进的运动。"五四"

是接受近代中国思想文化危机的呼唤而诞生的，因为有危机，才会有五四新文化运动。它本身并没有带来危机，而是基本上成功地解决了那场危机。直到今天，我们依然享受着五四新文化运动的成果。

三、"文革"与"五四"：背道而驰，南辕北辙

在我看来，"文革"并不像林毓生教授说的那样是"五四"全盘反传统的继续和发展。恰恰相反，"文革"是"五四"那些对立面成分的大回潮，是五四新文化运动所反对的封建专制、愚昧迷信在新的历史条件下的恶性发作。"文革"和"五四"充其量只有某些表面的相似，从实质上看，两者的方向是完全相反的，可以说是南辕北辙。"文革"根本不是什么文化运动，而是在错误思想指导下引发的一场政治动乱；它在1974年发动的批林批孔，似乎涉及文化，其实却是为了掩盖林彪叛逃的一场闹剧。"文革"的出现有两个根本条件：在上面，党的民主生活受到严重破坏；在下面，是个人迷信盛行，领袖被神化。两个方面上下结合，才会发生"文革"。而这二者，正是五四新文化运动的对立面。"五四"提倡民主，就是为了反对封建专制；提倡科学，就是为了反对愚昧迷信。"文革"和"五四"恰好是反方向的运动。"文革"的发生，说明封建思想早已严重侵袭到了各个方面。中国反对封建思想的斗争本来就是一件长期的事情，仅仅"五四"那几年不可能一蹴而就，启

蒙必须不断地进行。真正的问题在于：一旦封建思想侵袭到革命内部，反起来就非常困难，比一般反封建难上千百倍。因为投鼠忌器，怕伤害革命，也因为封建思想有的时候是以革命的名义出现，用革命作护身符。延安时期丁玲发表《三八节有感》《我在霞村的时候》《在医院中》，王实味发表《野百合花》，就是在解放区里反对封建思想、反对宗法观念、反对小生产意识，然而他们却付出了沉重的代价。中国毕竟是个小农意识犹如汪洋大海的国家，封建思想的影响几乎无处不在，人们对这一点缺少清醒的认识。而缺少清醒的意识，放松了这一方面的警惕，就会出现问题。如果说 20 世纪 40 年代这还只是苗头，那么到 20 世纪 50 年代末 60 年代初，这种情况就造成了严重的现实危机。有几件事情可以说说：第一件事情是 1959 年庐山会议上，《人民日报》社社长吴冷西发言，建议加紧制定法律、完善法制，马上被顶回去："你要知道，法律是捆住我们自己手脚的。"这是吴冷西在"文革"中作检讨时说的，他说毛主席高瞻远瞩，自己当时确实跟领袖人物的思想有距离。第二件事情是，到 20 世纪 50 年代末，对领袖的个人迷信已经达到相当严重的程度。记得 1958 年秋，中宣部常务副部长周扬到北京大学中文系来做报告，就鼓吹"时代智慧集中论"，据他说，每个时代的智慧都会集中到某一方面。比方说 19 世纪的俄罗斯，时代智慧集中在文学艺术上，出现了许多伟大的作家、艺术家和文学批评家；20 世纪中叶的中国，时代智慧就集中在政治上，表现为党中央有了毛泽东主席这样英明伟大的领袖，那是国际上都少有的。到 1959 年庐山会议上批判彭德怀时，刘少奇发言，明确提出"我们就是要搞点个人崇拜"。如果把这些话与 1956 年中共八大一次会议明确反对个人迷信，而且据此作出的决议相比，可以看出，那是很大的倒退，埋伏着很大的危险。林彪正是利用这种氛围把个人迷信推向极端。第三件事情是，经过反右派和反右倾，打倒、批臭了党内外一批不同意见的人，也就是所谓的"民主派"。而且在批判中形成了一种理论：民主革命时期的老革命如果不自觉地改造，到社会主义时期就会成为反革命。"民主"于是成了非常可怕的东西。民主主义思想这样被批臭的结果，是个人专制在理论上和实践上的通行无阻。所以邓小平同志在 20 世纪 70 年代末深有感慨地说："没有民主就没有社会主义，就没有社会主义的现代化。"这真正说中了事情的要害。第四件事情，是毛泽东主席 1958 年从第一线退下来后，用许多时间读《资治通鉴》、"二十四史"等大量古籍，他从历代兴亡中吸取经验、智慧和策略。现实中"总路线""大跃进""人民公社"这"三面红旗"遭遇的挫折，增加了他某种情结。在这种情况下，传统文化中那些赞美专制、排斥异端、愚弄民众甚至扼杀人性的消极成分，或许会产生作用。中国的古代文化中确实也有消极的、糟粕的东西：像《商君书·修权》里讲到的"权制独断于君则威"；《荀子》中讲到的"才行反时者杀无赦"；《论语·泰伯》中讲到的"民可使由之，不可使知之"；《墨子·尚同》中讲的"天子之所是，皆是之；天子之所非，皆非之"……这样一些专制主义思想，我们在后来的很多事实中确实看到了投影。以上这种种条件纠合在一起，"文革"的爆发几乎就成为不可避免的了。

所以，"文革"表面上是打倒一切，对"封资修"文化全批判，实际上是封建主义的大回潮和传统文化中的糟粕在起作用。它和五四新文化运动的根本方向是相反的。为了避免"文革"的悲剧重演，我们得出的结论应该相反，不是去否定"五四"，而是应该发扬五四新文化运动的启蒙理性精神，继续进行反封建思想的斗争，继续进行民主、法制建设，对传统文化和外来文化都采取实事求是的分析态度，继承一切对人民、对民族有益的好的内容，而摒弃那些反人民、反民主的有害的东西。这就是我们应该吸取的经验教训。

我个人的一些想法就讲到这里，下面还有半个小时的时间可以进行讨论，我讲得不妥当的地方、讲错的地方，欢迎老师、同学们批评。（掌声）

问：请问严老师，为什么您说黄宗羲等人是带有启蒙思想的儒家学者？儒家思想在什么程度上能包含这些启蒙思想？

严家炎：明后期和清前期李卓吾、黄宗羲这些有启蒙思想的学者，他们大体上对儒家的经典还是肯定的，但是他们用自己的观点作了新的阐发。他们不是教条主义地照搬历代儒家的一些想法，特别是对宋明理学他们有自己的很多新的看法，有很多尖锐批评。这些人确实是有启蒙色彩的。我们只要仔细读一读黄宗羲的《明夷待访录》这类著作就可以体会到这一点。

问：请问严老师，林毓生先生在他的书中用了哪些例子来佐证他的"五四""全盘反传统"的理论？您能否为我们举一些具体的例子并批判它们？

严家炎：《中国意识的危机》一书中举的具体的例证是不多的。林毓生先生似乎认为，中国"五四"和"文革"的全盘反传统是众所周知的，他没有具体展开来讲，其实，要断定"五四"全盘反传统是需要论证的。我刚才在三层意义上说林毓生先生的说法不对，大体概括了他那本书里的主要问题。林先生是我的朋友，我们也交谈过，也切磋过，但是对于"五四"，我和他的看法是不一样的。他是王蒙先生中学的同学，1948年前还在北平，后来他的家庭跟着国民党到了台湾，又从中国台湾到美国去上学、教书，我觉得他对大陆的情况有点隔膜，这是可以理解的。他没有经历过"文革"，"文革"到底是怎么一回事？就是天天在批孔吗？不是的，是天天在批斗活着的人，天天在那里搞对毛主席的"三忠于、四无限"，"早请示、晚汇报"，跳舞也是跳"忠字舞"。很多情况局外人是不大清楚的。我建议大家把穆善培先生翻译的中文本拿来看看。我很赞成林毓生先生那个对传统文化"创造性的转化"的观点。对于传统文化的接受，或者对于外来文化的接受都需要经过"创造性的转化"。但是他对五四新文化运动的估价我觉得不符合实际。

问：五四运动是一个反帝爱国运动，为什么我们又把它和新文化运动联系在一起？

严家炎："五四"既是一场反帝爱国运动——这是从政治上说的，但是这个时间短——同时又是一场新文化运动。这个新文化运动，如果以《新青年》创刊为标志，时间就长。《新青年》是1915年创办的，在"五四"之前四年就已经出现了。《新青年》一直在进行辛亥革命之后的重新再启蒙的运动，一直在宣传民主共和、宣传科学、反对专制、反对迷信，这个过程很长。新文化运动实际上为"五四"爱国运动作了准备。如果没有那一场新文化运动，没有许多知识分子、青年学生接受新的东西，可能巴黎和会那种令人失望、令人沮丧的消息传来的时候，学生还不会一下子就起来反抗。正因为有了初步的觉醒、接受了启蒙，学生运动才会一下子就兴起。这是有关系的。反过来，"五四"的反帝爱国运动又促进了新文化运动的发展。白话文的范围一下子扩展得很快，1919年下半年全国的白话文报纸达到四百种以上，这是"五四"之前所没有的。因为要宣传"五四"爱国运动，所以才会在全国各地涌现出很多小报，这就推进了白话文运动。到1920年，北洋政府教育部同意将小学课文改用白话文，称白话文为"国语"。所以这两个运动是有紧密联系、互相促进的。

问：您是否认为，现在中国的意识出现了危机？如果是的话，这个断裂是在什么时候开始的？在对过去思想的继承上，牟宗三先生经常说我们这代人是"没有根的一代"，您认为这个问题存在吗？

严家炎：我认为不能说现在中国的意识发生了危机。"文革"当中，特别是到了后期，不仅是意识发生了危机，经济都到了崩溃的边缘。但是今天，改革开放二十多年了，中国是欣欣向荣的，尽管出现了许多问题，有严重的腐败，有环境受到破坏，有贫富悬殊扩大，等等，但总的来说，中国是在发展当中的。今天的中国是兴旺的，包括文化在内。作为敲响的警钟，牟宗三先生的话值得记取。但是因为他是新儒家，他的立场使得他把中国知识分子对传统文化的态度估计得严重了。恐怕事情不是那么简单，不能说我们的文化是无根的文化。时至今日，我们对中国的传统文化还是"有分析地继承"的，我们吸取传统文化的精华，又除去它的糟粕，我认为这样子是对的。但整理研究传统文化的工作应该大大加强。

问：能否请您介绍一下中国儒家思想在历代的发展情况？

严家炎：我只能简单地谈谈我对中国儒学发展的一些理解。儒学在汉代的表现形态是"经学"，又分为阐发微言大义和重视名物训诂的两派。后来的儒学发展到了宋代，以讲究义理为主，兼谈性命，被称为理学或道学，又是一种形态。宋明理学跟汉代经学大不一样，它融合禅学，有新的阐发和创造。但也把"三纲"之类思想推到极端，像程颐所说"饿死事小，失节事大"，那是从宋代理学开始的。所以清代戴震要说"理学杀人"。《三国演义》第十九回，写到有个猎户刘安，因为刘备到了他家，那天他没有打到什么野味，觉得很抱歉，但是吃晚饭时碗里还是有肉，刘备也吃得很高兴。第二天刘备到后院转了一圈，才发现刘安妻子被杀，他吃的肉就是刘安妻子腿上的肉。中国"三纲"一类道德里，确实有吃人的成分。这种事情一直到鲁迅1918年写《狂人日记》的时候还有。有这样两则材料：1918年上海的报纸报道，有一位姓陈的姑娘，只有十七岁，听说她的未婚夫病死之后，写了十二字的"绝命书"——"生虽未获见面，殁或相从泉下"，然后自杀而死。浙江海宁有一个姓唐的女子，在丈夫死后三个月内用种种办法自杀了九次，最后悲惨地死去了。鲁迅所批评的"孝"里，就有"割肉饲亲""卧冰求鲤"一类畸形的、残酷的、不近情理的"孝"。"三纲"集中体现了封建道德残酷的一面。它不是宋朝才开始的，但是宋代理学把这些封建道德推向了极端。

问：在新文化运动和五四运动蓬勃开展的同时，也是当时的自然经济趋向全面瓦解、资本主义经济迎来春天大发展的时期，由于经济的大发展造成了思想的大解放、大变革。在"文革"时期，无论是江青为首的"四人帮"反革命集团，还是林彪反革命集团，甚或是当时党内的最高领导人，他们都不能完全说是控制了中国的经济命脉，在这种情况下，他们如何能够掀起这样的思想、文化界的大动荡、大变革呢？

严家炎：我认为不能说"文革"中的高层领导人没有掌握国家的经济命脉。因为当时以周恩来总理为代表的政府还在维持着国家的某种运转，所以经济才没有彻底垮掉。"文革"最高层当时确实让所有学校停课闹革命，不少工厂停产闹革命，只是不敢号召农民停产来搞革命而已。这是"文革"时的实际情况。所以经济状况是越来越糟糕。到1975年邓小平复出的时候，他不得不首先抓革命、促生产，把经济状况重新加以整顿，但"四人帮"还说邓小平"用生产压革命"。

问：严教授您认为"五四"文化作为一个特殊的阶段在整个中国文化中应该如何定位？在文化的发展历程中，它和古代文化和近、现代文化之间有什么必然的联系？

严家炎：在我看来，"五四"文化是中国古代文化到现代文化的一座桥梁，它一直到今天还在继续着、发展着。整个20世纪文化一个最突出、最显著的标志就是"现代性"——文化的现代性。从戊戌变法时期开始，文化就在明显地发生着变化，"五四"达到了一个高潮，转上了现代的轨道。"五四"以后的文化，如果用王瑶先生的话来概括，就是自觉地接受了外来文化的影响，但自发地接受了传统文化的基因。"五四"一代作家是从传统教育中成长起来的，鲁迅、郭沫若这些人，不但对"四书五经"很熟，而且对历史和野史，对诸子百家的东西等，都有相当的积累。从传统文化里接受的东西——无论是积极的还是消极的——在他们的生活中，在他们创造新文学、新文化的过程中，都自发地起着作用，不然就没法解释很多现象。像包办婚姻，在晚清就有很多人提出来，可是"五四"这一代先驱者有多少人接受了包办婚姻？可以数一下：李大钊、陈独秀、胡适、鲁迅、郭沫若、闻一多、郁达夫、苏雪林、傅斯年……那么多人，他们都接受了包办婚姻，我们能说中国的传统文化在他们这代人身上是"断裂"的吗？不是的。鲁迅说他自己身上有着鬼气、毒气，这就是旧的文化对他的影响。鲁迅的勇气就在于要用自己的肩膀扛住黑暗的闸门，放年轻的一代到新的世界里去，甘愿自我牺牲，这当然又是接受了外来文化的影响。他们就是这样起着桥梁的作用。

原载《文艺研究》2007 年第三期，后译为英文，作为 2008 年 4 月参加欧洲汉学论坛会议的论文

从"五四"说到"新国学"①

　　五四新文化运动如果从《新青年》杂志的创刊算起，至今已跨过九十个年头。这场文化运动，其实质是要在民国已经建立、政权却落入军阀之手的新历史条件下，积极介绍西方近代进步思潮，进一步推动国民觉醒，促进传统文化的承传、革新、发展，使之符合中华民族的现代需要。主编陈独秀在创刊号发表的《敬告青年》中，向中国青年提出了"自主的而非奴隶的""进步的而非保守的""进取的而非退隐的""世界的而非锁国的""实利的而非虚文的""科学的而非想象的"六点希望，其中已经隐含了后来叫作"德先生"（民主）和"赛先生"（科学）的两项纲领性主张。正如当时的"德先生"实际上包括了反专制的人权、平等、自由、博爱以及个体本位观念等相当宽泛的内容，当时的"赛先生"也已不仅指自然科学和先进

---

　　① 本文是作者2006年10月14日在中国现代文学研究会第九届年会上的发言，整理时有所补充。

技术，而且还包括了人文社会科学的各个方面以及科学的方法论和科学的怀疑精神等诸多内涵。所有这些，实际上都为开展新的国学研究准备了条件。

《新青年》（初名《青年杂志》）从第二期起，就连续刊载了易白沙评述墨家的长文《述墨》三章（《墨学之起源》《墨子》《墨经》），还连载了同一作者的《孔子平议》（上）（下），可以说，这些都体现了作者试图用新的观点和方法研究国学所做的努力。在《述墨》中，易白沙对墨家作了很高评价，认为"其学勇于救国，赴汤蹈火，死不旋踵，精于制器，善于治守，以寡少之众，保弱小之邦，虽大国莫能破焉"。在《孔子平议》中，作者以有理有据、较为平实的态度对孔子进行了历史分析，并提出自己在文化上的理想是兼取西方文化与传统文化二者之长："以东方之古文明，与西土之新思想，行正式结婚礼。"吴虞的《读〈荀子〉书后》《儒家大同之义本于老子说》，或许也可作为新的国学研究的一家之言看待。至于《新青年》的其他同人如鲁迅、胡适等，则取得了更为重要、更为出色的成果。鲁迅的《中国小说史略》，首次在一个"自来无史"的领域，破天荒地创建了至今在史识与审美见解上仍无人能够超越的业绩。胡适的小说考证与《中国哲学史》，也在《新国学》史上有筚路蓝缕之功。顾颉刚的怀疑精神虽然有时走过了头，但他"无征不信"的原则以及在古史辨上所做出的一些成绩，依然值得肯定。在《新青年》影响和推动之下，郭沫若1921 年就写了《伟大的精神生活者王阳明》一文，不但评价了王阳明，还充分肯定孔子和早期儒家的历史作用。我认为，这些都应该说是"新国学"早期的业绩和成就。

这也启示和告诉我们，从清末和"五四"前夕起，国学实际上有两个传统：一个是几千年的老传统，还有一个是近百年来形成的新传统。这后一个传统，是在引进西方近代进步思潮并且与中国本土文化逐渐磨合的过程中出现的。它的最大特点是充分重视科学、理性，要求将一切事物放到科学和理性的审判台前重新接受检验。国学的老传统内涵异常丰富，有的部分科学性非常高（例如乾嘉学派），但是有的部分经验主义比较多，不够精密，有时还夹杂着迷信的成分。经过几十年、近几百年的演变，如今老传统本身已发生很大变化，连考古在内，许多方面已用上最现代的技术（包括用碳 14 测定年代），尽管还很不平衡。新传统也与本土文化有了更好的结合，摆脱了最初的比较幼稚的状态。这两个传统应该是能够融合的。然而至今仍然未能融合，一个重要的原因，就是存在着对新传统——"新国学"的很大误解。

在一些学者心目中，五四新文化运动是靠所谓"打倒孔家店""全盘反传统"起家的。特别是美国威斯康星大学历史系林毓生教授的著作《中国意识的危机》在 20 世纪 80 年代被翻译成中文，由贵州人民出版社出版后，不少人都受到这种看法的影响。林毓生教授在这本书中认为："文革"的所作所为，都是受了五四新文化运动的影响；没有"五四"就没有后来的"文革"，这两个运动都是以"全盘反传统"为特点的。有的文学史教材还把这种看法写到了书中。这大概就是王富仁先生上次会上所说"感到很大压力"乃至仿佛"有'原罪'感"的原因。

对于王富仁先生提出的"新国学"口号，我是很能理解并且赞成和支持的。我认为"新国学"早已是现实的存在。因为五四新文化运动的一个重要目标，就是要革新国学，使国学符合中华民族在新时代的需要，这是推动中国文化学术前进的做法，它的良好效果已经被现实所证明。不过，我主张对现在的"国学"和海内外的"新儒学"等思潮，要实行两条：一要给予理解，二要从历史实际出发，廓清人们对五四新文化运动的种种误解。之所以首先要给予理解，是因为新中国成立以来较长时间里实行厚今薄古的方针，这对研究传统文化、研究国学的人来说，压力也是够大的。比方说，大学中文系里古代文学和现当代文学课程时间的比例，最厉害时达到1：1，甚至现代文学还稍多些。几千年同几十年相比，居然是1：1，这难道不荒唐吗？当然，要说那个时代的现当代文学受到重视，也是不对的，那只能说是一种违反学术原则的利用、歪曲甚至篡改而已，其实这个学科自身也处于畸形的状态，不可能得到正常的发展。然而，古代文学方面、国学方面既然在长时间中受到更大的压抑，反弹一下也应给予理解。其次，我认为也要根据历史实际，在认真研究的基础上，讲明事实真相，廓清种种误解，得出在学术上永远推不倒的结论。作为例子，我想在这里集中澄清一下林毓生先生所说的"文革"受"五四""全盘反传统"的影响，没有"五四"就没有后来的"文革"这种看法。

我觉得，林毓生先生这个看法完全是凭着想当然地推论出来的。真正经历中国"文革"的人，到现在为止我还没有听说过谁有这种看法。事实上，1915年《新青年》创刊时，陈独秀《敬告青年》一文是尊孔的，它告诉青年要以孔子、墨子为榜样来积极进取地做人，完全没有批孔的内容。后来虽然因为康有为要将主张"三纲"的孔教列入民国时代的宪法，袁世凯、张勋又先后复辟帝制，所以不得不严厉批判"三纲"，并且涉及孔子和儒家，但即使在批评孔子时，也还承认孔子是伟人、是圣人、是改革家，不过认为他尊君、专制、轻视妇女这类思想，是不适合现代人的生活的。无论是第一个起来写《孔子平议》的易白沙，或者是评孔、批孔最激烈的陈独秀，还有李大钊、胡适、吴虞等，这些人里面，没有谁要打倒孔子，也没有人批判过儒家的"仁政"。我翻遍《新青年》，也没有看到有"打倒孔家店"这个口号。所以，怎么能说五四新文化运动"全盘反传统"呢？在我看来，说"五四""全盘反传统"，在三个层面上都是不恰当的：第一，这种说法把儒家这诸子百家中的一家，当作了中国传统文化的全盘。第二，"五四"猛烈批判的"三纲"，只是儒家学说中的一部分，不能把"三纲"当作儒家学说的全盘。第三，儒家内部，历来都有主流部分和非主流的部分，汉代的王充，明代的李卓吾，清代的黄宗羲、戴震等，就是儒家内部非主流的"异端"，正如清末邓实所说，他们是历代帝王不喜欢的"真正的国粹"。"五四"继承了他们，不正是继承了"国粹"，何来对传统文化的"全盘否定"与"断裂"呢？

说到"五四"先驱者的偏激，那是确实存在的。尤其是钱玄同，对待京戏、汉字、骈文和鸳鸯蝴蝶派小说，否定得都比较厉害。但《新青年》内部是有不同意见的讨论和争论的。钱玄同主张废除汉字，改用世界语，不但他的老师章太炎反对，连鲁迅以及傅斯年也不赞成，鲁迅 1918 年在《渡河和引路》中说：刚刚从"四目仓圣"面前站起来，又要在柴门霍夫面前跪下去。那就是说的钱玄同。周作人把《西游记》《聊斋》等好些小说划入"非人文学"的行列，但胡适等人就不赞成，认为太简单了，后来周作人也不再坚持自己的看法。胡适最初把"文言"说成"死去的语言"，刘半农、傅斯年都不认可，认为并非所有的文言都已"死去"，要作点具体分析，第二年胡适的《建设的文学革命论》就改变了调子。正是在这种讨论和争论中，"五四"先驱者避免了某些偏激的提法和不好的后果。钱玄同在 1917 年前后非常激进，但到 1925 年前后他的看法就有很大改变。

至于对毛泽东主席，"五四"这些偏激的方面可以说完全没有产生什么影响。恰恰相反，毛泽东主席在 20 世纪三四十年代《反对党八股》等文章中，倒是批评了"五四"这些形式主义的不善于具体分析的思想方法（"好就是绝对的好，坏就是绝对的坏"）。他还写了《中国共产党在民族战争中的地位》

一文，正面肯定了孔子，说"从孔夫子到孙中山，我们应当给以总结，承继这一份珍贵的遗产"，可见毛当时是赞美孔夫子的。后来他发动"文革"，同"五四"是没有关联的。"文革"同"五四"完全是反方向的。"五四"提倡"民主"，就是为了反对封建专制；提倡"科学"，就是为了反对愚昧迷信。两者完全是南辕北辙。"文革"表面上是打倒一切，封、资、修全批判，实际上却是封建主义大回潮和传统文化中的糟粕在起作用。为了避免"文革"的悲剧重演，我们得出的结论同林毓生先生的应该相反，不是去否定"五四"，而是应该发扬五四新文化运动的启蒙理性精神，继续进行反封建思想、反愚昧迷信的斗争，继续进行民主和法制建设，对传统文化和外来文化都采取实事求是的分析态度，继承一切对人民、对民族有益的好的内容，而摒弃那些反人民、反民主的有害的东西。这就是我们应该吸取的经验教训，也是"新国学"应该奔向的目标。

原载《甘肃社会科学》2007 年第一期

辑二　求索

《红岩》的突出贡献 [①]

　　每当读《革命烈士诗抄》怦然心动的时候，我总是产生一种热切的希望：希望有一天能看到一种比抒情诗远为宏大的艺术形式，将先烈们狱中可歌可泣的斗争生活更完整、更深刻地表现出来，使他们身上凝聚的浩然正气，长留于天地之间。《红岩》的出现，让人们欣慰地感到：这样的作品已经降生。文学艺术的历史如果可以被归结为美的不断开拓、不断积累的历史，那么，《红岩》就将以共产主义精神美的深刻发掘和革命先烈情操美的生动表现，为人类艺术宝库增添新的库藏而载入史册。

　　《红岩》是在我国伟大的革命现实土壤上生长出来的一枝奇花。它形象地告诉人们：中国共产党人和革命人民——我们的先辈，曾经走过了多么艰巨的路程，即使是在全国胜利的前夕，也还经历了多么英勇壮烈的斗争。小说对这番斗争所做的

　　———————————

　　① 本文是作者 1962 年 8 月在大学生暑期读书班上的讲演。

艺术记录，使它成了为千千万万革命先烈树立的一块高大的纪念碑。我们很难找到一部作品，能像《红岩》这样塑造出如此众多的共产主义者的形象，能像《红岩》这样真实、生动而又深刻地描画出成批的革命者的崇高灵魂。小说在这方面的成就，使它成为一本名副其实的共产主义精神的教科书。

《红岩》写的是 1948—1949 年重庆地下党的革命活动，其中主要又是被捕的革命者在敌人秘密监狱（中美合作所的渣滓洞和白公馆）中的斗争活动。这种活动的环境很特殊。从当时全国形势来说，解放战争节节胜利，蒋介石的反革命统治已经到了最后崩溃的时刻。然而在小说所表现的具体环境中，敌人力量却还相对强大，尽管他们实际上已成了瓮中之鳖，但越是临近最后灭亡，他们也越是凶残和疯狂。而这里的革命者，则是敌人秘密监狱中的囚徒，他们手无寸铁，遭受着敌人残酷到骇人听闻的折磨、残害，除了很少一些人最后越狱时死里逃生，绝大多数同志都壮烈牺牲。用这样血淋淋的生活内容为题材，当初有不少人曾经担心：作品会不会写得很惨？会不会写得使人不忍卒读？这种担心并不是完全没有根据的。据我所知，《红岩》在写作过程中，尤其在初稿中，确实曾经产生过这方面的问题。只是经过作者更好地消化生活，站在更高的思想水平线上来处理题材、反复修改之后，才避免了这方面的毛病，使作品以现在这样的面目出现在读者面前。如今我们读来，尽管作品的结局很悲，却丝毫没有使人沮丧、使人低沉的感觉，反而感到精神振奋，意气昂扬，给人以巨大的鼓舞力量。《红岩》的这种创作经验，很值得我们重视并加以总结。

一部写了许多革命者最后牺牲的作品，究竟为什么能有这样高昂的基调和强烈的感染力量呢？这里的根本原因在于：作品深刻地写出了革命者崇高的精神境界，写出了他们为人民解放、为共产主义伟大事业而忘我献身的精神，写出了他们的革命理想主义和大无畏的英雄气概。一句话，就是写出了革命者的巨大的精神力量。正是这种精神力量，使他们不但不被凶暴的敌人所压倒，反而能够以排山倒海的气势和机智巧妙的斗争艺术去压倒敌人。斗争愈是艰苦，革命乐观主义的精神愈是高扬。这就是《红岩》强大的思想力量的由来。

对革命者精神力量、内心境界的这种描写，布满在《红岩》全书中。作品提到过这样一副对联：

是七尺男儿生能舍己

作千秋雄鬼死不还家

它可以说就是小说中所有革命者精神状态的很好写照。这种为人民解放事业"生能舍己"的共同精神，分别由许多人物形象体现出来。

例如成岗，他那种对党的事业无比忠诚、对自己要求无比严格、在革命工作面前精力无穷、在敌人刑讯面前坚强不屈的品格，作品中写得就很突出。特别是他宁愿遭受妹妹误解而坚守党的秘密，被捕前不顾个人安危先把遭险信号挂到窗口，在中美合作所里被注射所谓"诚实剂"时表现出的惊人意志，这些都只有真正把"我"字完全抛开以后才能做到，它们给读者留下了深刻的印象。

又如新四军战士龙光华，多年来在监狱里也一直保持着军装的齐整，每天早晨总要练习劈刺的动作。直到绝食斗争最艰苦的关头，他在神志昏迷状态中还抓住牢门，把一只手伸向远方，渴望"指导员，……给我……一支枪"。这是多么感人的形象！他临牺牲前的这个姿势，像一尊庄严的塑像，高高地矗立在读者心上。尽管龙光华的身体离开了自己的队伍，然而，我们说，他的心永不掉队！

还有华蓥山根据地党委书记华子良，实在使人难以忘怀。他疯疯癫癫，不言不语，两眼呆滞，满头白发，除了每天刻板地独自跑步外，对狱中的一切已毫无反应，仿佛傻到了完全麻木的地步。狱中的革命者即使不都像刘思扬那样鄙弃他，最多也把他看作敌人血腥政策的一颗苦果而加以怜悯，连九岁的小萝卜头都认为他是个被屠杀吓坏了的胆小鬼。然而，这个表面上的"废物"，却是个没有暴露身份的坚毅无比的共产党人。他是在四川省委书记罗世文、车耀先被害前，由于接受了罗的秘密指令才装成疯子的。四年来，为了隐蔽下来取得与地下党的联系，他忍辱负重，卧薪尝胆，不仅要瞒过敌人，而且要瞒过自己的同志，在周围人们的不理解甚至轻蔑中过日子。肉体上的折磨且不说，精神上的苦刑又是多么难以忍受。而华子良为了革命的利益，完全抛却个人得失之心，自觉地经受这一切考验；即使可能因为中途遭到敌人突然杀害而将永远蒙受不白之垢，他也甘心做出这种对革命者来说无疑是最痛苦的牺牲。我们的古人认为："千古艰难唯一死"；共产党员在某些时候遇到的考验，确实比献出生命还要更复杂、更困难一些。华子良正是在这种异乎寻常的考验面前，用自己无保留地把一切献给党的行动，迸射出了最夺目的思想光彩。他起初越是遭受人们不理解，一旦真相弄清时，激动人心的力量也就越是强烈。他在难友们准备集体越狱前的最紧要关头，去向特支书记齐晓轩报到，这一情节之所以分外令人激动，就是因为读者从这里看到了共产党人最崇高、最伟大的品性在熠熠闪光。

我们当然更会想起许云峰。他是作为一个杰出的党的负责干部来刻画的，他身上的"生能舍己"精神，具有政治上相当成熟的马克思主义者的许多特点。他善于从实际出发分析和判断情况，善于在错综复杂、瞬息万变的局面中作出对革命最有利的决策。许云峰第一次出场，就显示出政治上的高度机敏。他从沙坪书店里多出的一套盥洗用具开始，发现了郑克昌抄袭进步诗歌的可疑，嗅出了当前的危险，从而果断地撤销这处联络站，转移工作人员，避免了更多的损失。当叛徒甫志高带领特务突然来到茶园时，他估计到自己没有可能脱身，就挺身而出，把敌人的全部注意力引向自己，以掩护市委书记李敬原，显示了为革命独居危难的英雄本色。第一次受审，他察言观色，将计就计，独担责任，引导敌人在《挺进报》问题上作出错误的判断，既保护了组织，也保护了同志。最能显示出他无产阶级的英雄气概的，则是被禁闭于白公馆黑暗、冰冷的地牢里所进行的斗争。他在绝境中打响了一场特殊的战斗：用手指在石墙上挖洞，为全监狱的难友准备越狱的通道。当特支书记齐晓轩得知特务将杀害老许，让华子良通知他利用通道提前出逃的时候，许云峰坚决拒绝做这件可能损害革命集体的事。他把生的希望留给大家，自己则带着对胜利的坚定信念从容就义。这一行动充分地展现了一个共产主义者的伟大胸怀。在就义前，特务头子徐鹏飞出于临近灭亡时的疯狂心理，曾向他提出挑衅性的问话："共产党的胜利就在眼前，要是看不见自己的胜利，那是多么令人遗憾的事！我不知道此时此地，许先生是何心情？"妄图使永不屈服的共产党人在精神上受到嘲弄。对此，许云峰作了坦然而自豪的回答，他说："我已看见了无产阶级在中国的胜利，我感到满足。风卷残云般的革命浪潮，证明我个人的理想和全国人民的要求完全相同，我感到无穷的力量，人生自古谁无死？可是一个人的生命和无产阶级永葆青春的革命事业联系在一起，那是无上的光荣！这就是我此时此地的心情。"他反问徐鹏飞："你此刻的心情，又是如何呢？"这番气壮山河的话语，完全符合许云峰这样一个成熟的老共产党员的心境（可惜语言的个性化略嫌不足）。他们把特务哲学的所谓"遗憾"，连同徐鹏飞的卑鄙念头，一起击得粉碎，弄得特务头子"茫然不知所措"。通过许云峰就义前同敌人最后这次交锋，作品深刻地揭示了共产主义者的精神世界，有力地写出了他们在精神上不可战胜的气势。

值得称道的是,《红岩》塑造的这一大批革命者形象,各
有自己的独特性格。尽管他们具有共同的崇高品质,美好心
灵,但写得毫不雷同。小说作者注意到了经历不同和思想发展
处于不同阶段上的人们各自的个性特征,注意到了成熟的和不
成熟的、年纪轻的和年纪大的、工人出身的和知识分子出身
的、文化低的和文化高的等等区别,并从每个人物过去历史同
现实表现的紧密联系中刻画他们的性格。因而显示出有共同理
想、共同阶级品质的革命者,在个性和气质上的鲜明差异。即
使同样是元旦联欢所写的对联,同样都充满了革命乐观主义精
神,在不同性格、不同出身的人做来便各有不同的特点,各有
独到的妙处。例如,"看洞中依然旧景,望窗外已是新春"和
"满园春色关不住,一枝红杏出墙头",这两联或借季节变化隐
喻革命形势,或借古人诗句抒发喜悦心情,写得十分优美,富
有暗示性,显示了作者较高的文化修养。像"歌乐山下悟道,
渣滓洞中参禅"这副对联则充满了幽默感,在脱俗的甚至带点
"仙气"的词句中,表现了革命者即使在随时可能掉脑袋的情
况下依然具有的乐观情怀,他们不是把监狱只看成苦受难的
地方,而是看成一所"悟"革命真理之"道"、"参"马列主
义之"禅"的很好的共产主义学校。这样的对联,是处于残酷
考验中的革命者坚定信念的升华和结晶,是革命精神的性格化
了的表现。而工人党员余新江作的对联"两个天窗出气,一扇
风门伸头",以及丁长发作的横额"乐在其中",则别开生面
地表现出了革命者"苦中有乐"的处境和"以苦为乐"的情怀。

这里的个性特色也十分鲜明。

在《红岩》所写的众多的革命者形象中，个性特征和内心世界刻画得最为细致、最为丰满的，除许云峰之外，要算江姐和刘思扬了。

江姐是小说里感人最深的人物形象之一。她的性格的主要方面，不仅通过紧张严酷的情节，而且也通过真切感人的细节显示出来。她对同志十分亲切和关心体贴，同时却又那么严格和铁面无私。作为地下工作的一个领导者，她和成岗第一次见面就说："我姓江，江雪琴，……我的岁数比你大一点，你就叫我江姐吧。"给人以平易、亲切、温厚、持重的老大姐的印象。但当她化装离开重庆的时候，甫志高为了表现自己的"艰苦朴素"，忽视地下工作应有的谨慎，穿着西装在码头上为江姐扛行李，江姐立即从甫志高身上嗅出了一些很不对味的东西，当场"微微地摇了摇头"。这就表现了江姐在长期地下斗争中锻炼出来的敏锐的政治嗅觉和精细的观察力。作者还着意用了饱含感情的笔触，细腻地描绘江姐在面临意外的巨大打击时的动人表现，显示她坚强、勇毅、细心、沉稳的性格特色：江姐怀着投身农村游击斗争的美好希望以及和丈夫彭松涛即将会面的喜悦心情，踏进了华蓥山区，刚进城门，就看到了一颗悬在木笼里示众的人头。起初，江姐在心中激动地为牺牲者默念着："安息吧，同志，我们要为你们复仇！"她想到自己肩负的任务，不愿在现场久待，默然走开了。但刚走了两步，她又想起：应该看个仔细，了解牺牲者的名字，报告给党；于是就强自抑制着涌上心来的愤怒，挤进人群去看。这一来，她终于看见了被敌人杀害的亲人老彭的名字，内心产生剧烈的震动，霎时热泪盈眶，满腔悲愤，变得天旋地转、头昏目眩了。但她听到华为的叫声，立即意识到自己此刻的处境和责任，心头不禁自责起来，用最大的努力抑制住自己的悲痛，不让年轻的战友知道分毫。作品这样写道："渐渐地，（江姐）向前凝视的目光，终于代替了未曾涌泻的泪水。她深藏在心头的仇恨，比泪水更多，比痛苦更深！""江姐的脚步愈走愈急，行李在她手上仿佛失去了重量"，连"提着箱子伴随她的华为"都几乎"跟不上了"。简洁的几笔，把江姐从沉入极度的悲痛到转而坚毅地前进时的内心波涛，写得力透纸背。脚步越走越急，这个动作传达出她心中痛苦是多么深重，仇恨是多么强烈，把悲愤化为力量的愿望又是多么迫切。正因为这样，江姐见到双枪老太婆时控制感情，不露声色，两人相互瞒过不幸，相互安慰对方，终于由彼此掩饰到拥抱痛哭，再到擦干眼泪，奋力工作——所有这一切描写，不仅显得入情入理，而且实在感人至深。我们和江姐一同经历了这突如其来的剧烈的精神考验，这时也恨不得和她一起把悲愤化为力量。作品使读者精神境界升高了。

特别激动人心的是江姐就义前和狱中战友分手的场面。为了不让年轻的难友过于悲痛，她把自己的牺牲说成是转移。她整理好头发，抹平了衣褶，拭净了鞋灰，告别了同志，还亲了亲"监狱之花"，然后扶着断腿的战友从容而庄严地迈步向前，再也没有回头。当幼稚热情的孙明霞再也克制不住自己的悲痛，要代江姐去死的时候，江姐劝她说："明霞，别这样……如果需要为共产主义理想而牺牲，我们每一个人，都应该，也可以做到——脸不变色，心不跳。"死神在江姐面前，显得多么渺小！这一段，把江姐具有独特个性的共产主义者的灵魂，刻画得十分清晰。江姐整容、理衣这个细节包含着丰富的潜台词，表现了一个革命者对强暴的敌人的极度轻蔑，对死亡的无畏，对革命事业必胜的坚信，表现了她作为革命者所特有的凛然不可侵犯的庄严气概，也表现了她平日爱整洁的个性。观人以微，正是通过这样一些特定的细节描写，江姐在一切事变面前高度镇定的特色，什么力量也摧不垮的共产主义者的毅力，烙进了读者心灵深处。

刘思扬在《红岩》的革命者中既是比较特殊又是具有一定概括性的人物形象。不同于江姐、许云峰、成岗等人出场时就相当成熟，刘思扬需要一个成长和发展的过程。他出身于一个富裕的家庭，接受党的教育时间又不长，身上保留的弱点比较多。小说相当细致地写了他在斗争中一步一个脚印地经受磨炼、艰苦成长的过程。他具有革命者的基本品性：对党和人民忠贞，对敌斗争勇敢，有革命的自觉，有献身的决心，在狱中不怕受刑，甚至因为自己受的酷刑不如其他同志多而内心感到歉疚。但他思想上有一个严重的弱点：总是把革命想得很单纯，对其中的复杂性缺少准备，不能忍受一点个人的委屈。在他的心灵深处，实际上还有一个知识分子的自我王国。敌人正是利用这个弱点来向他进攻的。他们将刘思扬假释放以后，乘机派遣一个特务伪装成地下党的联络人员来"审查"他，企图通过他受委屈时的自我辩白，获取地下党和狱中党的秘密。在这种情况下，刘思扬究竟是严格遵守地下工作的纪律，忍受个人委屈，拒绝吐露秘密，还是为了表白自己而违反党的原则，以致损害革命利益？他不禁产生了严重的思想斗争。尽管他在党的及时帮助下终于度过了险情，但作品却抓住这个特定的情境，深刻地展现了一个青年知识分子党员内心的波澜，充分揭示了个人得失之类的私心杂念会给革命事业带来多大的危害。这一切，都写得极为真实而富有教育意义。但作者并没有让刘思扬的思想简单地通过一场斗争就什么问题都解决了。小说沿着革命现实主义的路，又写了刘思扬第二次被捕关进白公馆。这里敌我双方的斗争，比渣滓洞更为残酷，更为隐蔽。狱中人们间的相互态度也更为谨慎。刘思扬开始时不能理解这些，错把表面上沉静的环境当作没有革命激流的死水一潭，为缺少同志间的"温暖"而感到寂寞、苦恼，甚至认为"这里连渣滓洞那种深夜里激动人心的梆声都没有"。经过狱中斗争的多次活生生的教育，刘思扬才逐步成长起来，摆脱原有的脆弱性，开扩和升华着自己的思想境界。在正面描写越狱斗争的最后一章中，当刘思扬胸口中弹以后，小说作者惜墨如金，仿佛异常平静地写道："齐晓轩的手臂扶着他躺倒下来。刘思扬难忘成岗跨出牢门时高呼口号的情景，可是，他不能高呼，不能在这时暴露尚未脱险的战友们。"多么朴素而又多么深沉的笔触啊！

像刘思扬这样一个年轻热情的革命者，要他在生命的最后一刻，控制心中的激动，不去高声向党吐露自己的热爱，这实在需要很大的毅力！但是，为了"尚未脱险的战友们"的安全，刘思扬自觉地做到了这一点。他的形象到这时才可以说真正完成了。刘思扬从思想不成熟到初步成熟这样一种发展过程，确实对我们大家自觉地进行思想磨炼具有深刻的教育意义。

《红岩》里还有一些着墨不多却很感人的形象。例如，只有九岁就已经是"老政治犯"的小萝卜头，长期的监狱生活使他连做的梦都那么阴森可怕。他把小昆虫捉住了装进火柴盒，旋又放它自由飞走，拍着手叫："飞了，飞了，它坐飞机回家去了！"这番描写，读来令人心酸。可喜的是，他小小年纪已经培养出了爱憎分明的革命感情，成了狱中党的联络员。他临别前送给成岗的那张题为《黎明》的水彩画，也在读者心头留下不可磨灭的印象。又如，那个深度近视眼的胡浩，他原本不是党员，只不过因为无意间路过中美合作所的禁区，就被整整关了九年。在极为残酷的环境中，他养成了独特的表达自己思想感情的方式：每天给几株小树浇水。他最后明确了自己的人生道路，就冒死写了一份发自肺腑、感情极深的入党申请书。什么叫人物性格？这就是性格！作者正是紧紧抓住这些最独特、最有意义的细节，通过人物自身富有特征的行动，深刻地显示出了人物的灵魂，使读者不能不受到感情上的震动。还有一些只是侧面提到的人物，像临牺牲前还给别人布置任务的省委书记罗世文，在狱中修补书籍的车耀先等，也都以一两个动作就闪电般地照亮了自己的心灵，使人难以忘却。

在组织情节方面，《红岩》的一个重要特色，是善于通过突如其来的转折，戏剧性地将人物置身于尖锐复杂的矛盾顶端，使之面临意外的严峻考验，从而为性格刻画获取强烈的效果。江姐刚进入华蓥山区，便看到了亲人的头颅；"疯老头"在准备越狱的紧要关头，忽然现出真身；刘思扬经过营救而被释放，却原来只是敌人一种阴谋；许云峰用难以想象的艰苦代价挖成越狱通道，自己却慷慨赴难；……这些突然的转折，不仅使故事变得跌宕起伏，而且在展现共产主义者灵魂美方面往往跃登新的境界。我们还不妨举齐晓轩在敌人追查《挺进报》"白宫版"事件中挺身而出，救援当事人胡浩并保住党的机密这段情节作为例证。这也是一起突然发生的转折：由于两眼深度近视的胡浩的偶然疏忽，一张由成岗抄写的狱中《挺进报》落到了特务手里。敌人以为抓住这一线索，就能追查出狱中党组织与狱外地下党的联系，因而用烙铁极其残酷地折磨着胡浩，也折磨着狱中许多革命者的心灵。刘思扬、成岗等人都想冲出去承担责任，解救胡浩，却苦于并无应付敌人的办法。这时，特支书记齐晓轩站了出来，从容地说："是我写的。"他运用几个月来认真模仿练习得来的本领，当场流利地写出了与成岗笔体完全相同的仿宋字。白公馆看守长陆清以为"大鱼"已经上钩，得意地追问：所写的消息"是怎样送进来的？地下党怎样和你们联系？"正在这狱中的革命者和读者都为齐晓轩捏一把汗的时候，情节突然发生了更大的戏剧性转折；齐晓轩不慌不忙地回答说，他是放风时在敌人没有上锁的办公室的报纸上抄下来的；并且当场从报堆里翻出了那张印有"中共中央召开七届二中全会"消息的报纸。敌人十分害怕上司严厉追究自己的"失职"，只好自认晦气，赶紧遮掩了事。一场可能引出严重后果的斗争风波终于过去，革命者转败为胜，转危为安。而齐晓轩老成持重、远见卓识，平时处处有心、急时沉着应变的性格特征和革命者的崇高品性，也在这场险峻的斗争中焕发出了异常的光彩。

《红岩》这一切成就，都同作者本身就是当年这场可歌可泣的斗争的实际参加者有关。世上有许多目睹了战友的血而写成的书，这类作品弥足珍贵。《红岩》的特异之处，在于它不仅用战友的血而且也用作者自己的血写成。对于这样的小说，采用通常所谓"感同身受"之类说法去形容它的真实性，几乎是完全不确切的。鲁迅谈到法捷耶夫《毁灭》时，曾称之为"用生命的一部分或全部换来的东西，非身经战斗的战士，不能写出"（《译文序跋集·〈毁灭〉第二部一至三章译后记》）。《红岩》正属于这样的艺术品。较之《毁灭》《钢铁是怎样炼成的》《恰巴也夫》等早期无产阶级小说，《红岩》显然有了新的发展。它的难能可贵也在这里。

《红岩》的成就，当然也同作者具有正确的创作思想有关。《红岩》的作者早先曾经写过一本革命回忆录《在烈火中永生》，我们确实可以从中找到小说所写的许多事件、人物的原样和原型（甚至不少人物的姓名、关系都基本一致）。然而，真正的艺术品毕竟不同于生活实录，它必须在实际生活的基础上经过艺术概括、提炼而达到典型化。同革命回忆录相对照，小说《红岩》显然从两个方面作了重要的开拓：

其一，不把笔墨局限在监狱斗争上，而是广阔地展开了历史背景、生活场景的描写。小说一开始就烘托出1948年这个新的年头中的时代气氛：解放大军进入全面反攻，国统区一片混乱，"法币"贬值到万元票面的钞票用来制作彩带，报上的新闻是公务员全家自杀……重庆市地下党，正是在这样的背景上组织革命者同敌人进行最后的搏斗。随着情节的展开，小说通过江姐调动工作这条线，联系到了川北的武装斗争；通过兵工厂的成岗和余新江，写到了高涨的工人运动；又通过华为、成瑶以及"红旗特务"的活动，衬托出蓬勃发展的学生运动。这样，狱中革命志士的斗争就和重庆山城的解放斗争以至全国革命形势息息相通，既显示出了监狱斗争在整个解放斗争中的意义，又为狱中斗争的真实描绘准备了必不可少的典型环境。离开了全国革命的节节胜利，离开了当时特定的政治局面，离开了广阔的时代背景的描写，《红岩》里许多斗争场面便会变得不可理解和难以置信。无论是渣滓洞革命者的元旦联欢，或者是白公馆看守长陆清的恐慌心理；无论是刘思扬被登报假释放，或者是江姐等人绣制五星红旗；无论是许云峰就义前对徐鹏飞的一番痛斥，或者是齐晓轩等人最后组织的全体越狱：这些都一点也不能和当时特定的政治形势分开，它们处处散发出浓烈的时代气息。在《红岩》里，时代环境绝不是一种游离在外的点缀，而是渗透到了作品具体情节和人物心理中去，成了随时可以感受到和触摸到的有机组成部分。这正是这部小说的一个重要的长处。

其二，在尖锐、酷烈的斗争中揭示革命者的共产主义襟怀，大大丰富和深化了人物思想性格。作者把分散的生活素材经过筛选，集中到一些特定的同类人物身上，塑造了一群各有特色的共产党人和爱国者的形象，突出了他们精神面貌中最本质、最优秀、最崇高的部分，显得奇光闪闪，相互辉映。《红岩》中不少人物形象是有专人做原型的，如江姐之于江竹筠，龙光华之于龙光章，成岗之于陈然，胡浩之于宣灏，齐晓轩之于许晓轩，黄以声之于黄显声，这些人物经过作者的艺术处理，显然比《在烈火中永生》所写到的，不同程度地丰富和深刻了。另有一部分人物形象则经过了比较广泛的概括集中而后塑造成的，其中最突出的要算许云峰。许云峰的主要原型是中共重庆地下市委委员、工运书记许建业同志。但是，从革命回忆录所提供的线索看来，许云峰同徐鹏飞在宴会厅里一场交锋，实际上采用了罗世文同志赴宴的一段真实事件做底本；其他有些言行，取自杨虞裳烈士的一些事迹；而挖开石墙这个情节，则来源于一个未留下姓名的"坚强的人"。然而，作者在这里做的绝不只是简单地归并来自不同人物的真实事迹，而是遵循性格的逻辑，经过融化吸收，在共产主义思想光辉的照耀下，对人物的崇高灵魂作了深入开掘，创造性地塑造出了一个很有光彩的成熟的共产主义者形象，真正达到了艺术真实来源于生活真实而又比之更高、更典型的要求。

尽管《红岩》在艺术描写上也存在一些不足之处，例如：有时仍不免受真人真事的拘泥，使小说的艺术概括、典型化程度受到限制；有些人物性格没有很好展开；人物语言的个性特点不够鲜明；等等。但是，作为一部优秀长篇，《红岩》在开拓生活广度和人物深度这两个方面，确实都创造了值得重视的经验。《红岩》将以开掘和表现共产主义者崇高精神境界的突出成就，而在文学史上获得不朽的地位！

原载《贵州社会科学》1984 年第四期

丁玲创作个性研究的新进展 ①

女士们、先生们，朋友们、同志们：

第四届丁玲学术讨论会经过三天来活跃、认真的讨论，现在临近结束了。

尽管会议是在当前很特殊的情况下举行，包括我在内的一些同志曾经担心没有心思进行学术讨论，实际上我们的会却开得出乎预料得好，与会代表在十分关心国内形势的同时，仍然以严肃认真的态度和高度集中的注意力参加了几天的学术讨论。会议共收到来自国内外的论文四十多篇，有三十位学者和熟悉情况的当事人在大会和小组会上做了发言，提出了不少新见解和有益的意见。这次讨论会标志着丁玲研究正在逐步深入。正像有的同志说的那样，会上许多陌生面孔的出现，意味着有更多年轻的同行加入到我们队伍中来，使我们的研究工作比过去任何时候都更加充满希望。

---

① 本文为作者在全国第四次丁玲学术讨论会上的闭幕词。

　　作家作品研究得好不好，不是看具体评价的高低，而是看那些评价是否科学，是否准确，是否中肯和有深度。正是从这方面说，我们这次讨论会应该说取得了显著的成就和进展。

　　首先，我们这次讨论会集中探讨了丁玲的艺术个性问题。通过丁玲的艺术个性，联系整整一代知识分子的历史命运及其崇高使命，来挖掘、剖析和总结中国现当代文学发展过程中许多带有规律性的问题，成为与会同志的共同认识。譬如丁尔纲同志的论文认为，丁玲是属于那些始终敢于坚持独立思考，依靠自身的思想独立性维持其人格独立性的部分作家之列，由此经历了种种劫难，导致了贯穿毕生的悲剧。而丁玲的可贵之处是在种种人生劫难中艰难挺进。在这个问题上，诗人牛汉同志也做了精彩的发言。从这个视角来研究丁玲的艺术个性，是很有意义的。有助于我们去深刻总结现当代中国文学发展的历史经验。

　　在丁玲的艺术个性问题上，有的学者还能从新的角度去做细致的把握。譬如有的同志提出了丁玲创作的人生哲学这个命题，试图循着作家所建构的人生哲学寻根溯源，洞见丁玲内在的心灵情理结构，即鲜明的个性色彩。这些研究都不落俗套，是值得提倡的。

　　其次，评论方法的多样化，也是这次学术讨论会的突出特点。且不说有的论文试图用系统方法研究丁玲创作，即使像日本学者江上幸子小姐的论文《落伍的烙印中追求再生》也给与会代表留下较深刻的印象。作者在搜集和整理了大量材料的基础上成功地运用了"传记批评"的方法，找到了丁玲在 20 世纪 30 年代末和 40 年代初创作的《泪眼模糊中的信念》和《我在霞村的时候》这两篇作品的主题差异与作家早年在南京的一段生活经历之间的内在联系，是一篇看似平实，但却有价值的论文。这种深入细致的研究，是中国学者应当学习的。从安徽来的青年研究者万直纯同志的《冲突与骚动：从丁玲的文本世界看丁玲创作的审美特征》也有独到之处。该文运用了结构主义批评方法，以"文本分析"为重点，从审美形式、审美内容、美感特征等方面具体分析了丁玲的"文本世界"的构成及特征，总结出作家的审美独特性，并结合时代矛盾阐释了丁玲审美主体世界的深刻文化原因，给人以耳目一新之感。

这次丁玲学术讨论会另有一个突出特点是思想比较活跃，气氛比较热烈，在坚持党的四项基本原则下，充分贯彻了"双百方针"。《上海文论》去年第五期发表的王雪瑛的论文《论丁玲的小说创作》成为引发与会代表展开不同观点争鸣的一个契机。同志们畅所欲言，各抒己见，都谈出了很好的看法。像王愚同志提出的批评要有宽容的态度、多元的气量、复杂一点的方法，周良沛、于河生、张炯同志谈到的对丁玲创作个性的理解，以及有的同志对"异元批评"现象的剖析，都有助于我们思考。真正的艺术个性、艺术勇气是必然会渗透到许多方面的，不仅自我表现时要流露，就是客观再现时也会在生活的选择、评价中体现出来，因此，那种认为 20 世纪 40 年代的丁玲作品不再有艺术个性的看法恐怕是相当简单化的。

此外，还应该说，会上宣读的李之琏同志的信，黎辛和陈明同志介绍的情况，使我们对丁玲的某些具体遭遇增进了了解，有助于大家弄清一些事实真相，对中青年研究者增强历史感也是有好处的。当然，由于各方面原因会期较短，安排较紧，会议预定议题的讨论还来不及充分展开，更深入的研究还有待于会议之后。我们期望通过此次会议，促进丁玲研究的深入。应该说，在丁玲研究这个领域，天地同样是相当广阔的，认识同样可以是无穷尽的。许多尚未研究过的问题固然可以研究，就是已经研究的一些问题也可以重新认识。同样一个土改，《暴风骤雨》是一种写法，《太阳照在桑干河上》是一种写法，张炜的《古船》又是一种写法，如果加以比较研究，就会发现它们有不同方面、不同程度的深刻性。又譬如，美国学者梅仪慈曾经提出过一个问题：丁玲受了这么多挫折，却为什么没有成为持不同政见者？照我想，这个问题同样可以研究，这正好说明了丁玲独特的、难能可贵的思想品质。如果对丁玲了解得很深刻，在充分占有资料的基础上，搞好这一研究，那将是十分有意义的。

祝同行们、同志们今后在丁玲研究领域中获得丰收，在两三年后再见面时，结出更多的硕果！祝大家健康愉快！

谢谢大家。

1989 年 5 月 29 日于西安，原载《延安文艺研究》

1989 年第三期

丁玲是"女权主义者"吗？ ①

女士们，先生们，朋友们，同志们：

我们开了一次成功的学术讨论会。短短三天时间里，国内外几十位学者、作家和丁玲生前的同事、战友，齐集一堂，围绕着丁玲复出后的创作、丁玲与中国女性文学两个中心议题，进行了紧张、活泼、认真、求实的讨论。各抒己见，畅所欲言，既有不同意见的交锋，又做到心平气和，充分思考和尊重对方的观点。不同见解起到了相互启发、相得益彰的作用。有些先生私底下称赞"会风好"，这三个字也许能代表我们许多与会者的共同感受。

讨论得最集中，也相当深入的，是"丁玲与中国女性文学"这个主题。不少学者为丁玲是不是"女权主义者"或者是不是"中国女性主义文学的开路人"展开了争论。它不但引起外国学者的兴趣，也受到许多国内学者的关注，成为一个热

---

① 本文为作者在全国第七次丁玲学术研讨会上的闭幕词。

点。这件事情并不奇怪，因为丁玲确实有大量作品涉及女权问题。丁玲自己一再说：她了解妇女的弱点，更了解妇女姊妹们的痛苦，因此她为妇女应该受到更多关怀、不应该受到歧视发出呼吁，同时也向妇女本身提出要善于"自强""强己"。这些思想都和国际上一部分女权主义者有些相像。丁玲20世纪20年代末拒绝为格调低俗的《真善美》杂志"女作家专号"写稿，公开声明"我卖稿子，不卖'女'字"，这也正好说明丁玲竭力维护女性的人格尊严，坚持女权。国外有些学者更把《三八节有感》看作"中国女权主义的宣言"。如果"女权主义"指的是用理论、用行动追求男女平等目标的话，那么，人们也许有相当理由把丁玲称作女权主义者，虽然人们不会把丁玲仅仅看作一个女权主义者。

然而，不赞成把丁玲称作"女权主义者"，那理由同样是相当充分的。因为，第一，国际上的"女权主义"五花八门，不但政治情况复杂，而且心理状态似也不甚健全。有些所谓"女权主义"，其实是为了鼓吹同性恋。也有的女权主义并不追求男女平权，反而以控制男子、凌虐男子为目标，所以蒋祖慧同志在小组会上说一提女权主义就令人想到武则天。这也许就是丁玲自己从不承认是"女权主义者"的原因。第二，用"女权主义"并不能涵盖丁玲的作品。丁玲作品的实际内容是在探索社会的解放，包括女性个人的解放和工农阶级的解放，可以说是对"人"的终极关怀。只提女权主义，实际上限制和缩小了丁玲作品的思想意义，如同男女平等这种女权主义内容

116

可以包括在马克思主义里面，反过来马克思主义却不能归结为女权主义，因为它的目标毕竟是要解放整个社会、解放全人类一样。第三，"女性文学"这个角度开启了丁玲研究的新视野，但它的含义又远远大于"女权主义"。所谓文学研究上的女性角度，应该包括研究女作家的思维方式、感情特征、心理体验及其在作品中的烙印，等等，它比"女权主义"又宽泛得多。

我觉得，以上两种意见都是有的放矢、很有道理的。前者至少从丁玲作品抓住了一个突出的线索，一个过去人们相对忽视的现象，做了新的开拓，引人注目。它帮助我们去观察和思考解放区的妇女运动及其实际存在的问题，正像有些同志说的，解放区男女平权的状况比国统区好，但解放区也是从旧中国变出来的，重男轻女、小丈夫大媳妇现象也存在，而且还有像韦君宜的自传性小说《露莎的路》写到的那些情况。《三八节有感》绝非凭空产生，它是丁玲为了推进解放区妇女工作才写的，充满着对阶级姐妹的同情友爱，这是一种革命感情。后一种意见并不根本反对使用"女权主义"的概念来研究丁玲作品，但是比较谨慎，防止了可能引起的某种副作用。争论的意义不在于判别谁对谁不对，而是启发我们科学地、深入地去研究丁玲作品，充分发掘丁玲作品潜藏的思想意义。特别是丁玲作品中最宝贵的那些丰富的现代意识，它们常常需要经过探讨、争论才能被发掘出来。所以这两种意见，应该是互为补充和相辅相成的。

对丁玲复出后的作品，像小说《在严寒的日子里》《杜晚香》和两部散文《魍魉世界》《风雪人间》，也有不少同志提供论文并在会上分别发言作了探讨。这些作品继续保持和发挥了丁玲作品的一贯特色：直面人生，对人民爱得深挚，对丑恶现象怀有烈火般的憎恨，它们具有强烈的思想批判锋芒，同时又很有分寸感，显示出思想和艺术上的圆熟自如，因而赢得广大读者的喜爱。除《杜晚香》中女权意识是否减弱的问题曾引起不同意见外，这方面的基本看法几乎相当一致。一些材料的披露，也使人们对丁玲晚年作品的成就和意义获得更加准确、深入的把握。例如，冯达给人信中所讲的《魍魉世界》"作者记忆力惊人"的说法，就有力地证明了作品有关内容的真实可靠和丁玲为人的襟怀坦荡。正像有的学者指出的那样，如果把丁玲复出后的作品放在新时期文学创作的大背景中来考察，更显出作者创作思想的难能可贵。

必须提到的是，我们一些老同志为开好会议做出了无可替代的贡献。他们作为丁玲生前的战友，作为当年事件的亲身经历者，回忆和叙述了许多有重要历史价值的材料。像马烽、胡正、陈明、刘朝兰等同志，他们的讲话就是活的原生态的历史，把我们带回到当年特定的生活情景中，使我们听起来感到无比的亲切和丰富，加深了我们对丁玲人格力量的认识。国外的历史学家很重视口述历史，老同志们的讲话其实就是一种口述历史。

这次会议的一个重要特色，是多层次、多侧面、多方法地研究丁玲。例如，一些学者运用了比较文学的方法，把丁玲放在和其他作家的比较中加以研究。有的学者比较了丁玲和张爱玲两位女作家各自的创作特色。日本学者田畑佐和子则比较了丁玲与日本一位有影响的左翼女作家佐多稻子(她们两人都是1904年出生,都曾去当电影演员,都在1930年生下第一个男孩,又都在1932年参加了各自国家的共产党,而且都在20世纪30年代被捕入狱……),引起了与会学者的极大兴趣。另一位日本学者秋山洋子别出心裁地论析了丁玲的散文《风雨中忆萧红》。虽然涉及的只有一篇不太长的作品,却旁征博引,参证了许多相关的材料,使作品文本解读达到深刻、细密、透彻。秋山女士正确指出:丁玲这篇散文与其说写萧红,不如说在写自己的内心。文章最忌大题小做,不深不透。秋山洋子这种"小题大做"的方法,很值得我们学习。

会上有些学者还对今后的丁玲研究,提出了若干意见和建议。如提出在深化丁玲研究时,可广泛参阅各种各样的成果和材料,包括某些我们所不赞成的否定丁玲走上革命道路后创作的材料,这样可以扩展我们的视野,促使我们在有对立面的状态下去深入思考。深化研究的另一方面,是要保持客观的研究态度。邹午蓉女士提出:"我们不是追星族,不是发烧友,我们是学者,学者的态度是要客观。"她是针对海峡那边研究张爱玲的状况而言的。但其精神,我相信对一切学术研究也包括丁玲研究,都是有意义的,都是适用的。

最后,我要说:我们这次会议取得成功,是和山西省领导、省作协领导、长治市领导给予会议的巨大关怀、全面支持分不开的。长治市党政负责同志得力的领导，细密的组织工作，尤其保证了会议的成功。在此，我谨代表全体与会人员，向会议东道主——山西省和长治市领导，表示诚挚的感谢和最大的敬意！

现在，我宣布第七次全国丁玲学术讨论会胜利闭幕！

原载《丁玲与中国女性文学》，湖南文艺出版社
1998 年版

鲁迅和日本文化

——在日本神户市孙中山纪念馆友之会的讲演

　　山田敬三教授出了这个题目，要我来做一次讲演。题目本身很有意思，但是比较大，似乎也没有多少现成的资料可供参考。我只能试着讲讲，不知道能不能讲清楚。

　　文化，包括的范围很广泛。鲁迅和日本文化的关系，似乎可以追踪到许多方面。例如，鲁迅一生翻译过许多外国文学作品，其中相当一部分是日本作者的著作，据统计大约有六十五篇之多，像森鸥外的《游戏》《沉默之塔》，夏目漱石的《挂幅》《克莱喀先生》，厨川白村的《苦闷的象征》《出了象牙之塔》，鹤见祐辅的《思想·山水·人物》等，这些应该算是日本文化的一部分。鲁迅翻译介绍它们，是觉得这些著作可能对中国读者有一定的意义。又例如，鲁迅青年时期有七年在日本度过，他接触到许多日本艺术，包括民间艺术。他自己很爱美术，对日本的浮世绘等也很喜欢，直到晚年提倡木刻时还很关心它。这部分日本文化，对鲁迅的艺术思想是有影响的。再有，鲁迅在日本时注意观察日本社会和日本的国民性，拿来同中国社会和中国的国民性相对照，思考许多问题，后来也一直从种种社会现象留意观察日本的国民性，这里面同样包含着、体现着日本文化的精神。最后，鲁迅结识过许多日本朋友，从学生时代的老师藤野先生，到后来的朋友内山完造先生，山本初枝女士，增田涉先生，等等，和他们建立了很深的友谊，从他们身上活生生地感受着日本人民的民族性格和日本文化的根本精神。作为中国的一个改革者，鲁迅观察和借鉴过日本文化，对它有所评析、思考。所以，我们确实可以说，日本文化对鲁迅有所影响。

那么，鲁迅对日本文化的看法怎样？采取什么样的态度？

贵国的竹内实教授有篇文章，接触到这个问题。他说："鲁迅对日本文化的评价不甚高。他既未曾选择日本文化作为自己的研究对象，也未曾从一位文学家的立场对日本文学表示关心。""鲁迅没有当研究日本文化的专家，这跟他弟弟周作人是个鲜明的对比。"①

应该说，竹内实教授上述说法并不是没有根据的。但似乎过于简单，不太确切。所以我要多说几句，加以补充。

我认为，鲁迅虽然没有系统地论述过日本文化，但从他许多文章、序跋、书信来看，他对日本文化显然是做过研究、有评价有分析的，他很看重日本文化好的方面，认为值得中国人

① ［日］竹内实：《鲁迅的日本文化、文学观》，译文载《鲁迅研究》第12辑，1988年1月。

学习和借鉴，同时又很警惕日本文化的消极方面。如果把鲁迅这些分散的看法集中起来，也许可以归纳为这样几点：

第一，鲁迅认为，日本文化中有一种开放的能容纳外来新事物的特质；日本国民善于学习和模仿外国先进的东西，并且在这个基础上进一步发扬和创造自己的东西。

我们不妨读读《藤野先生》中鲁迅写到藤野先生第一次在讲台上出现时那段很有感情的文字：

> ……解剖学是两个教授分任的。最初是骨学。其时进来的是一个黑瘦的先生，八字须，戴着眼镜，挟着一叠大大小小的书。一将书放在讲台上，他便用了缓慢而很有顿挫的声调，向学生介绍自己道：
>
> "我就是叫作藤野严九郎的……"
>
> ……他接着便讲述解剖学在日本发达的历史，那些大大小小的书，便是从最初到现今关于这一门学问的著作。起初有几本是线装的；还有翻刻中国译本的，他们的翻译和研究新的医学，并不比中国早。

这是一段描述性的文字，但最后一句却隐含着鲁迅对日本民族性和中国民族性的不同评价，因而特别值得注意。原来日本近代的解剖学，起先翻刻中国的译本，可见中国当初还走在前面。但中国那时不善于学习外国新事物，结果日本赶过去了，中国远远落到了后边。同一个起点上的赛跑，就分出了输赢。

鲁迅在这里所补的一句:"他们(指日本)的翻译和研究新的医学,并不比中国早。"表面上似乎只是顺便轻轻说出的,实际上却含有深意,是对日本民族性的赞扬和对中国不善于学习因而落后的一种深沉的感慨。

在《出了象牙之塔·后记》中,鲁迅表示了同厨川白村有所不同的想法。厨川对日本民族的毛病做了许多揭露和自我批评,鲁迅则站出来为日本民族辩护,讲好话,他说:

> 著者(指厨川白村——引者)呵责他本国没有独创的文明,没有卓绝的人物,这是的确的。他们的文化先取法于中国,后来便学了欧洲;人物不但没有孔,墨,连做和尚的也谁都比不过玄奘。兰学盛行之后,又不见有齐名林那,奈端,达尔文等辈的学者;但是,在植物学,地震学,医学上,他们是已经著了相当的功绩的,也许是著者因为正在针砭"自大病"之故,都故意抹杀了。

鲁迅认为,虽然历史上的日本"并无固有的文明和伟大的世界的人物","然而我以为唯其如此,正所以使日本能有今日,因为旧物很少,执着也就不深,时势一移,蜕变极易,在任何时候,都能适合于生存。不像幸存的古国,恃着固有而陈旧的文明,害得一切硬化,终于要走到灭亡的路。中国倘不彻底地改革,运命总还是日本长久,这是我所相信的;并以为为旧家子弟而衰落,灭亡,并不比为新发户而生存,发达者更光彩"。

在同一篇文章中，鲁迅还认为，日本人学中国是有选择的，他们学中国的好处，坏处并不学。"所以日本虽然采取了许多中国文明，刑法上却不用凌迟，宫廷中仍无太监，妇女们也终于不缠足。"

在鲁迅看来，一个民族要有希望，必须对外开放，吸收外国文化中优秀的东西。他在 20 世纪 20 年代写的《看镜有感》等文章，发挥的就是这一思想。到 20 世纪 30 年代，鲁迅更系统地提出了"拿来主义"的主张，认为有出息的民族应该用自己的眼光挑选其他民族的好东西，把它们"拿来"。而这"拿来主义"的主张，不但考虑了中国历史上汉代和唐代的做法，而且也参照和吸收了日本民族的经验。在这方面，鲁迅对日本文化还是肯定得相当高的。

第二，鲁迅认为，日本国民有一种凡事很认真、不马虎的习性，用到正道上，这也是很好的。如果同近代中国人常常敷衍苟且、自欺欺人的毛病相比，更是值得学习。

在《思想·山水·人物》的译者题记中，鲁迅曾把"将事情不当事"即"不认真"当作"中国祖传的"老病，痛加批判。到晚年同内山完造谈话时，鲁迅更明确地说："中国四万万的民众，害着一种毛病，病源就是那个马马虎虎，就是那随它怎么都行的不认真的态度……于是我又想到日本的八千万人民。日本人的长处，是不拘何事，对付一件事，真是照字面直解的'拼命'来干的那一种认真的态度。"又说："那认真是应该承认的。我把两国的人民比较了一下。中国把日本全部排斥都行，可是只有那认真却断乎排斥不得。无论有什么事，那一点是非学习不可的。"①

我们从《藤野先生》这篇文章中，也能具体亲切地感受到鲁迅对日本人民这种精神的钦佩。鲁迅曾记叙藤野先生主动查阅鲁迅听课笔记这件事：

> 第二三天便还我，并且说，此后每一星期要送给他看一回。我拿下来打开看时，很吃了一惊，同时也感到一种不安和感激。原来我的讲义（即听课笔记——引者）已经从头到末，都用红笔添改过了，不但增加了许多脱漏的地方，连文法的错误，也都一一订正。这样一直继续到教完了他所担任的功课：骨学、血管学、神经学……还记得有一回藤野先生将我叫到他的研究室里去，翻出我那讲义上的一个图来，是下臂的血管，指着，向我和蔼的说道："你看，你将这条血管移了一点位置了。——自然，这样一移，的确比较的好看些，然而解剖图不是美术，实物是那么样的，我们没法改换它。现在我给你改好了，以后你要全照着黑板上那样的画。"

藤野先生听说中国的女人是裹脚的，但不知道详细情形，于是问鲁迅怎么裹法，足骨变成怎样的畸形，还叹息道："总要看

---

① ［日］内山完造：《鲁迅先生》，收入 1937 年版《鲁迅先生纪念集》。

一看才知道。究竟是怎么一回事呢？"可见他是多么认真。鲁迅称藤野先生的性格是一种"伟大的"性格，把他看作是日本人民的代表。

第三，鲁迅认为，日本文化的一些代表人物具有正视现实，进行民族自我反省、自我批评的勇气，这种反省推动着日本民族的进步，很为宝贵，同样值得中国人学习。

鲁迅在翻译厨川白村《出了象牙之塔》时，就写《后记》称赞厨川敢于解剖日本国民性弱点的那种"战士"和"改革者"的姿态。他说，"从这本书，尤其是最紧要的前三篇看来"，厨川"却确已现了战士身而出世，于本国的微温，中道，妥协，虚假，小气，自大，保守等世态，——加以辛辣的攻击和无所假借的批评。就是从我们外国人的眼睛看，也往往觉得有'快刀斩乱麻'似的爽利，至于禁不住称快"。又说："我译这书，也并非想揭邻人的缺失，来聊博国人的快意。中国现在并无'取乱侮亡'的雄心，我也不觉得负有刺探别国弱点的使命，所以正无须致力于此。但当我旁观他鞭责自己时，仿佛痛楚到了我的身上了，后来却又霍然，宛如服了一帖凉药。生在陈腐的古国的人们……大抵总觉到一种肿痛，有如生着未破的疮。未尝生过疮的，生而未尝割治的，大概都不会知道；否则，就明白一割的创痛，比未割的肿痛要快活得多。这就是所谓'痛快'罢？我就是想借此先将那种肿痛提醒，而后将这'痛快'分给同病的人们。"鲁迅翻译介绍日本一些作家的小说，着眼点也常在这里。如翻译了菊池宽小说《三浦右卫门的最后》之后，鲁迅在《译者附记》中说："武士道之在日本，其力有甚于我国的名教，只因为要争回人间性，在这一篇里便断然的加了斧钺，这又可以看出作者的勇猛来。但他们古代的武士，是先蔑视了自己的生命，于是也蔑视他人的生命的，与自己贪生而杀人的人们，的确有一些区别。而我们的杀人者，如张献忠随便杀人，一遭满人的一箭，却钻进刺柴里去了，这是什么缘故呢？"可见，鲁迅时时从日本民族的自我反省中，接受着启示，思考着中国国民性的种种弱点，随时加以鞭打，希望中国人改好。

虽然由于鲁迅在1936年就过早地去世了，他没有能看到战后那些更杰出的更富有民族反省精神的日本文化的优秀代表——像竹内好的著作。但鲁迅看重日本文化具有民族自我反省精神这一点，却是抓住了日本文化的生命力所在的。

第四，鲁迅也注意到了日本文化有它的问题，有它的消极面，这就是军国主义思想。军国主义的特点是通过崇拜武力和鼓吹奴隶性，对内强制地欺压本国人民，对外侵略、欺侮弱国。这种军国主义成分一直渗透到文化教育领域，使国民思想也受它的影响。鲁迅在仙台时就感受到了这一点，他在《藤野先生》中沉痛地带有反讽意味地写过一段话：

中国是弱国，所以中国人当然是低能儿，分数在六十分以上，便不是自己的能力了：也无怪他们疑惑。但我接着便有参观枪毙中国人的命运了。第二年添教霉菌学，细菌的形状是全用电影来显示的，一段落已完而还没有到下课的时候，便影几片时事的片子，自然都是日本战胜俄国的情形。但偏有中国人夹在里边：给俄国人做侦探，被日本军捕获，要枪毙了，围着看的也是一群中国人；在讲堂里的还有一个我。

"万岁！"他们（指一部分日本学生——引者）都拍掌欢呼起来。

这种欢呼，是每看一片都有的，但在我，这一声却特别听得刺耳。

更值得注意的是，鲁迅在 1921 年还翻译过森鸥外具有进步倾向的小说《沉默之塔》。森鸥外这篇小说用影射的方法揭露日本近代史上一次有名的迫害、残杀社会主义者的事件——1911年年初的"大逆事件"。下面我想引用竹内实教授对鲁迅翻译介绍这篇小说意图的论析，竹内先生说：

"大逆事件"是在企图暗杀明治天皇之嫌疑之下逮捕日本各地的数百名社会主义者、无政府主义者的事件。被判死刑的二十四名，其中十二名遭受处死刑。判决是 1911 年 1 月 18 日……《沉默之塔》中有"报纸上出现被杀害者的传略"这样的说法。显然森鸥外是从报上知道判决内容后写的，并认为这是由政府当局的"杀害"，而并不是公平的裁决的执行。

　　《沉默之塔》没有用"大逆事件""天皇"等词而用虚构，把地方假设印度某地方、某种人种。在山岗上高塔矗立，它就是"沉默之塔"。种族相互惨杀的尸体搬进这个塔。为什么这么惨杀？因为读了"危险读物"之故，而"危险读物"是"自然主义和社会主义的书"。

　　被判死刑的人的罪名是"大逆罪"。森鸥外一定深深感受到"天皇制"的沉重压力。"大逆罪"，不但是适用于计划暗杀天皇的人，而且也适用于研究或介绍外国新思想的人、翻译介绍外国思想著作的人、阅读这些译作的人。不仅是森鸥外，日本当时的知识分子也感受到很大的压力。

　　鲁迅翻译森鸥外的《沉默之塔》，表明他对日本、日本文化深层的理解之深刻。他很领悟到日本思想问题的所在。

竹内实先生这段论析非常中肯。鲁迅确实对日本文化中的军国主义成分很注意、很警惕。鲁迅认为，军国主义不但使被侵略的民族遭受深重苦难，而且也会给本国人民带来巨大的痛苦，"大逆事件"的发生，正是一个例证。联系到1931年九一八事变后鲁迅对日本帝国主义侵略行径的尖锐揭露，他对军国主义思想的憎恶，是再也清楚不过的了。

　　总之，鲁迅对日本文化的认识是比较全面、比较清醒的。他常用日本国民性中的优点来鞭挞中国国民性的弱点，但却毫无民族自卑感。他在致《一个日本人的中国》一书译者尤炳圻的信中说："日本国民性，的确很好，但最大的天惠，是未受蒙古之侵入；我们生于大陆，早营农业，遂历受游牧民族之害，历史上满是血痕，却竟支撑以至今日，其实是伟大的。"正因为鲁迅的认识比较全面，所以，即使在 20 世纪 30 年代中日两国关系处于最困难的时期，鲁迅从来没有停止过对日本国民性好的方面的赞扬，从来没有动摇过对中日两国人民友好事业的信心，他始终保持着和日本朋友们的深厚情谊。正因为鲁迅的认识比较清醒，所以他在警惕日本文化教育中的军国主义成分的同时，相信将来总有一天，日本人民自己会起来反省和清除这些消极的东西。鲁迅写给日本朋友的两句诗"度尽劫波兄弟在，相逢一笑泯恩仇"，就表达了他这种信念。

当我们纪念鲁迅诞辰一百一十周年、逝世五十五周年的时候，应该继续发扬鲁迅的这种精神，使中日两国人民之间的友好事业永远向前推进！

1991 年 10 月 20 日讲演，原载《鲁迅研究月刊》
1992 年第二期

鲁迅与表现主义

——兼论《故事新编》的艺术特征

鲁迅著译与西方 19 世纪以来各种思潮联系之多，之细，之广泛，之复杂，常常出人意料，甚至令人吃惊。

这位倡导"拿来主义"的思想家、文学家，仿佛真是长着许多只眼和手，四面八方采集并亲口辨尝着西方思潮的"百草"，为了中华民族的复兴，充当 20 世纪的神农氏。

表现主义，就是鲁迅自 20 世纪 20 年代中期起曾经密切注视、认真思考并受过影响的一种文艺思潮。它濡染过鲁迅的创作思想，使之发生重大的变化，并直接体现到小说创作上，构成了《奔月》《铸剑》及其后那些以神话、传说和史实演义为题材的新的篇什。学术界长期争辩不已的《故事新编》的性质问题，从这个角度考察，也许可以迎刃而解。

一

把鲁迅与现代主义文学联系在一起，也许会有学者反对。他们会引用鲁迅 1927 年说过的一句话："现代派的文艺，我一向没有留心。"[1] 既然到 1927 年为止鲁迅不关心现代派文艺，难道他在接受了马克思主义之后反而会关心现代主义文艺吗？其实，鲁迅在《而已集·革"首领"》一文中说的"现代派文艺"，并非指通常理解的现代主义，而是指中国 20 世纪 20 年代《现代评论》杂志上的文学创作。《革"首领"》那篇文章本身就是鲁迅与现代评论派继续论战之作。

事实上，鲁迅对现代主义文艺思潮——狭义的不包括象征主义在内的现代主义，"五四"前后就有过一些零星的接触和思考。如 1919 年写的《随感录五十三》中，就曾提到与表现主义美术有关的立方派。他说："20 世纪才是十九年初头，好像还没有新派兴起。立方派（Cubism）、未来派（Futurism）的主张，虽然新奇，却尚未能确立基础；而且在中国，又怕未必能够理解。"[2] 在 1921 年 9 月 11 日致周作人信中，鲁迅又批评了宋春舫译的《未来派剧本》（鲁迅误记为"表现派剧"）近

---

① 鲁迅：《而已集·革"首领"》。
② 鲁迅：《热风·随感录五十三》。

于"儿戏"①。1922 年 11 月，鲁迅在弗洛伊德学说影响下，创作了具有表现主义色彩的小说《不周山》（即《补天》）。但大体上说，到 1923 年为止，鲁迅与现代主义的关系，还停留在自发的零星的偶然结缘的阶段。在他文艺思想的多元构成中，当时现实主义无疑占据着主体的地位。

鲁迅大量接触、自觉探究表现主义文艺思潮，是在 20 世纪 20 年代中期和后期。

1924 年，鲁迅在北京大学课堂上边译边讲厨川白村的《苦闷的象征》，这可以说是他深入接触表现主义思潮的开始。厨川白村在这本书稿中，不但运用弗洛伊德和克罗齐的学说，强调艺术是"表现"；而且在第一章创作论中，从正面对表现主义有所论述，表示了赞许的态度。厨川说：

> 近时在德国所唱道的称为表现主义（Expressionismus）的那主义，要之就在以文艺作品为不仅是从外界受来的印象的再现，乃是将蓄在作家的内心的东西，向外面表现出去。他那反抗从来的客观底态度的印象主义（Impressionismus）而置重于作家主观的表现（Expression）的事，和晚近思想界的确认了生命的创造

---

① 原文为："表现派剧，我以为本近儿戏，而某公一接脚，自然更难了然。其中有一篇系开幕之后有一只狗跑过，即闭幕，殆为接脚公写照也。"按，宋春舫只编译过《未来派剧本》，最后一篇为《只有一条狗》，故鲁迅所说"表现派剧"，乃"未来派剧"之误。

性的大势，该可以看作一致的罢。艺术到底是表现，是创造，不是自然的再现，也不是模写。①

强调艺术是表现，而不是再现，这是厨川白村文艺上的一个核心思想。鲁迅作为译者，在 1924 年 11 月写的《引言》中，对厨川的论点相当肯定，认为他"对于文艺，即多有独到的见地和深切的会心"。

继《苦闷的象征》之后，鲁迅又译出了厨川白村具有泛表现主义倾向的《出了象牙之塔》，更翻译了日本文艺家论述表现主义文艺的一大批文章，如片山孤村的《表现主义》，有岛武郎的《关于艺术的感想》，山岸光宣的《表现主义的诸相》，青野季吉的《现代文学的十大缺陷》《艺术的革命与革命的艺术》等②。鲁迅还翻译了板垣鹰穗的《近代美术史潮论》一书，其中第九章整章专门介绍包括德国表现派在内的现代主义美术。到 20 世纪 30 年代，鲁迅还编印了表现主义画家蒙克、珂勒惠支的版画选集。这些文章、著作，颇为详细地介绍和探讨了表现主义的起源和特征，表现主义的人生观与艺术观，表现主义的代表性作家与美术家；有些文章还从不同立场上评述了表现主义作品的病态和弱点。鲁迅一而再，再而三地翻译表现主义的论著，不仅表明他对这一思潮的兴趣，而且表明他有所思考

① ［日］厨川白村：《苦闷的象征》第一章第六节，鲁迅译。

② 鲁迅译日本文艺家的这些论文，分别收入《鲁迅译文集》的《壁下译丛》与《译丛补》两集。

和判断。

查《鲁迅日记》中的书账，可知 1923 年以前，鲁迅基本上不买外国书；而从 1924 年起，鲁迅购进大量日文版、德文版或英文版的研究欧洲文艺思潮的书籍。其中两类最为集中也最引人注目：一类有关苏俄文艺，另一类则有关表现主义。后者如：

H. Bahr：*Expressionismus*（赫·巴尔《表现主义》）

《表现主义的戏曲》（北村喜八）

《表现主义的雕刻》（日本建筑摄影类聚刊行会编）

Art of Beardsley（《比亚兹莱的艺术》）

《现代欧洲的艺术》（马察）

《艺术之一瞥——表现主义、未来主义、立体主义》（瓦尔登）

《近代美术史潮论》（板垣鹰穗）

《现代的独逸文化及文艺》（"独逸"乃日文中的德意志）

《现代独逸文学》

《表现派图案》（高梨由太郎）

《表现派的农民画》（皮卡德）《康定斯基艺术论》

《珂勒惠支版画》（多种）

Mynoun：*G. Grosz*（《格罗斯》）

《超现实主义的绘画》（布雷东）

《立体主义》（屈佩尔斯）

从上列鲁迅 20 世纪 20 年代中后期的购书目录中，可以知道，表现主义文艺在当时确已成为鲁迅关注的焦点之一。

在鲁迅翻译的有关表现主义文艺的论著中，有几点非常值得注意：

第一，许多论著都把表现主义文艺在德国和西欧的盛行，与欧战及战后的无产阶级革命、社会主义运动相联系。有岛武郎说："表现主义是在哪里生着他的存在的根的呢？在我，是除了豫想为新兴的第四阶级之外，再寻不出别的处所。"① 青野季吉在《现代文学的十大缺陷》一文中，把表现派作为无产阶级文学的一个流派，说："在无产阶级文学里，也有就如现实派，构成派，表现派之流。"② 山岸光宣强调了表现派文学反资本主义的激进倾向，并特意提道："表现派的诗人中，也竟有如蔼思纳尔（Kurt Eisner）和托勒垒尔（Ernst Toller）似地，自己就参加了革命运动的。""假如以用了冷静的同情的眼睛，观察穷人的不幸者，为自然主义，则盛传社会主义底政治思想者，是表现主义。"③ 联系到创造社郁达夫曾称颂"德国表现派的文学家，对社会的反抗的热烈，实际上想把现时存在的社会的一点一滴都倒翻过来"④，我们就不难理解 20 世纪 20 年代中期的鲁迅为何在注目苏俄文艺发展的同时，又那样关心和研究西欧的表现主义文艺。然而，鲁迅毕竟比郁达夫等人冷静和清醒得多。他在《"醉眼"中的朦胧》一文里，虽然肯定表现派

---

① 引自《壁下译丛·关于艺术的感想》。
② 引自《壁下译丛·现代文学的十大缺陷》。
③ 引自《译丛补·表现主义的诸相》。
④ 郁达夫：《文学上的阶级斗争》，载《创造周报》1923 年 5 月 27 日第 3 号。

与时代的联系，却似乎并非毫无保留。他说：在"农工大众日日显得着重"的时代，"弄文艺的人们大抵敏感，时时也感到，而且防着自己的没落，如漂浮在大海里一般，拼命向各处抓攫。20世纪以来的表现主义，踏踏主义，什么什么主义的此兴彼衰，便是这透露的消息"①。

第二，鲁迅译介的这些论著对表现主义文艺崇尚主观、看重心灵的总体特征进行了有益的概括和探讨。片山孤村在《表现主义》的长文中指出，表现派"要而言之，隐约地推崇着心灵，精神，自我，主观，内界等，是全体一致的"，"正如18世纪及19世纪的文艺革新运动，高呼'归于自然'一般，他们（表现派）是高呼'归于灵魂'的Sturmer und Dranger（飙兴淬起者）。懂得了这意思，这才明白表现主义在文艺史上的意义的"。又说："那崇尚主观，轻视现实之处，表现主义是和新罗曼派相像的，但和新罗曼派之避开自然不同，表现主义却是对于现实的争斗，现实的克服、压服、解体、变形、改造。"② 有岛武郎则将表现主义概括为："不再想由外部底的印象，给事物以生命，而要就从生命本身出来的直接的表现的。"③ 但这"主观""心灵""生命"，究竟指被表现的客体，还是指表现者的主体？那些多写人物心灵、内界的作品，是否

---

① 鲁迅：《三闲集·"醉眼"中的朦胧》。

② 引自《壁下译丛·表现主义》。

③ 引自《壁下译丛·关于艺术的感想》。

就成了表现派作品？对此，厨川白村论述得最为清楚。他认为表现派文艺的特点"是将蓄在作家的内心的东西，向外面表现出去"。这是一语中的之论。

第三，鲁迅翻译的上列论著还对表现派文艺（主要是德国表现派文艺）的诸种艺术手法做了考察。表现派文艺由于作者主观感情的强度不同，作者气质心态的各有殊异，在外化表现过程中运用的手法千差万别，其基本形态则为：无视传统艺术法规，对现实进行改造、夸张、变形，包括荒诞、怪异情节的摄入，幻觉和梦境的采用等。日本文艺家根据蔼特勘密特（Edschmid）、卡夫卡（Kafka）、华勒绥尔（Walser）的小说，托勒（Ernst Toller）、凯泽（Georg Kaiser）、哈然克莱伐（Walter Hasenclever）的剧本，阐述了表现派的手法。山岸光宣在《表现主义的诸相》中谈道：

> 和神秘底倾向相偕，幻觉和梦，便成了表现派作家的得意的领域。他们以为艺术品的价值，是和不可解的程度成正比例的，以放纵的空想，为绝对无上的东西，而将心理底说明，全部省略。尤其是在戏剧里，怪异的出现，似乎视为当然一般。例如砍了头的头子会说话，死人活了转来的事，就不遑枚举。也有剧中的人物看见幻影的，甚至于他自己就作为幻影而登台。[1]

---

① 引自《译丛补·表现主义的诸相》。

片山孤村谈到表现派文艺的夸张、变形手法时说："尼采和伯格森的影响，则将现实解作运动，发生，生生化化，也见于想要将这表现出来的努力上。画流水，河畔的树木和房屋便都歪斜着，或者画着就要倒掉似的市街之类，就都从这见解而来的。"①山岸光宣在另一处还说："表现派的人们反抗自然主义的结果，是轻视自然主义所尊重了的环境……在他们，即使运用历史上的事件之际，是也没有一一遵从史实的必要的。例如凯撒的《加莱的市民》里，就可以说，几乎没有环境的描写。那结果，则不独戏剧而已，便是小说，也常被样式化。""表现剧的人物，往往并无姓名，是因为普遍化的倾向走到极端，漠视了个性化的缘故。"②

鲁迅在《三闲集·扁》一文中，曾讽刺了中国文艺界把表现主义以及其他西方文艺思潮简单化的毛病：

> 看见作品上多讲自己，便称之为表现主义；多讲别人，是写实主义；见女郎小腿肚作诗，是浪漫主义；见女郎小腿肚不准作诗，是古典主义；天上掉下一颗头，头上站着一头牛，爱呀，海中央的青霹雳呀……是未来主义……等等。

---

① 引自《壁下译丛·表现主义》。
② 引自《译丛补·表现主义的诸相》。

也许我们会惊异于鲁迅对西方现代主义何以如此熟悉。对照鲁迅译文集里上述材料，我们就会了然于心。原来，在鲁迅翻译的论著中，表现主义文艺的各个方面，实际上早已相当清晰地涉及。稍嫌可惜的，是当时对表现主义作品翻译得少了些（到20世纪30年代初期为止，只译了凯泽的《从清晨到半夜》等少数作品）。

二

就在鲁迅大量接触并译介表现主义文艺材料的同时，他自己的创作思想也发生了微妙而又显著的变化。两者都发生于20世纪20年代中期，这似乎并非出于巧合。

鲁迅创作思想的明显变化之一，是艺术的重心有所倾斜：更注重作家的主观精神，注重作者情绪的体验与表现。厨川白村在《出了象牙之塔》中认为，艺术表现的奥秘，"就在通过了作家所有的生命的内容而表现。倘不是将作家所有的生命的内容，即生命力这东西，移附在所描写的东西里，就不成其为艺术底表现"。[①] 这是一种泛表现主义理论，对鲁迅也有影响。所谓"站在沙漠上，看看飞沙走石，乐则大笑，悲则大叫，愤则大骂"[②]，正是全生命地投入的表示。当厨川白村在《苦闷的

---

① ［日］厨川白村：《出了象牙之塔·艺术的表现》。
② 鲁迅：《华盖集·题记》。

141

象征·创作论》中强调作家要"将存在自己胸里的东西，炼成自然人生的感觉底事象，而放射到外界去"时，鲁迅在译者《引言》里不但赞许厨川对文艺"多有独到的见地和深切的会心"，而且进一步提出了"非有天马行空似的大精神即无大艺术的产生"这一著名论断。此后不久，鲁迅更强调："没有冲破一切传统思想和手法的闯将，中国是不会有真的新文艺的。"[①]1925 年 3 月，在为《陶元庆氏西洋绘画展览会目录》写的序中，鲁迅表示特别欣赏陶元庆"在那黯然埋藏着的作品中，却满显出作者个人的主观和情绪，尤可以看见他对于笔触、色彩和趣味，是怎样的尽力与经心"[②]。到 1927 年《革命文学》一文中，鲁迅更明确提出："我以为根本问题是在作者可是一个'革命人'，倘是的，则无论写的是什么事件，用的是什么材料，即都是'革命文学'。从喷泉里出来的都是水，从血管里出来的都是血。"[③]

鲁迅创作思想的明显变化之二，是强调文艺不同于生活，可以而且需要保持艺术与实际生活的距离；作家甚至不妨在作品中有意制造"间离"效果以提醒读者：这是小说！鲁迅的这种思想态度，与现实主义作家竭力使读者一进入作品就保持完整的真实感大不相同。早在《呐喊》时期，鲁迅就曾开始有限

---

① 鲁迅：《坟·论睁了眼看》。

② 鲁迅：《集外集拾遗·陶元庆氏西洋画展览会目录序》。

③ 鲁迅：《而已集·革命文学》。

地尝试运用"间离"手法。如《风波》在叙事过程中忽然冒出"文豪"的"大发诗兴"以及作者对"文豪"的驳斥。《阿Q正传》里也有"夫文童者，将来恐怕要变秀才者也"和"女人是害人的东西"之类插入的议论。这在当时还只是个别的事例。而到1926年以后，不但创作中"间离"手法的运用大为增多，而且在理论上还正面提出了一系列的主张。在《怎么写》一文中，鲁迅写了这样一段话：

> 尼采爱看血写的书。但我想，血写的文章，怕未必有罢。文章总是墨写的，血写的倒不过是血迹。它比文章自然更惊心动魄，更直截分明，然而容易变色，容易消磨。这一点，就要任凭文学逞能，恰如冢中的白骨，往古来今，总要以它的永久来傲视少女颊上的轻红似的。[1]

鲁迅用"冢中的白骨"这一意象，来喻示文学不同于生活的那种永久性，这本身就颇有德国表现派作品的味道。对于郁达夫害怕写第三人称主人公的心理状态容易使读者产生"不真实"与幻灭之感的想法，鲁迅的回答是："一般的幻灭的悲哀，我以为不在假，而在以假为真。""倘有读者只执滞于体裁，只求没有破绽，那就以看新闻记事为宜，对于文艺，活该幻灭。而

---

[1] 鲁迅：《三闲集·怎么写》。

其幻灭也不足惜，因为这不是真的幻灭，正如查不出大观园的遗迹，而不满于《红楼梦》者相同。""如果他先意识到这一切是创作，即是他个人的造作，便自然没有一切挂碍了"[1]；因此，鲁迅不怕在历史题材作品中糅进现代内容，反而利用"古今杂糅"来制造特有的"间离效果"。在他看来，"间离"手法正是扩充小说艺术的自由度和表现能力的有效手段。鲁迅的这些见解，同德国表现主义戏剧大师布莱希特的理论是完全一致的。

鲁迅创作思想的明显变化之三，是对荒诞、夸张、变形的情节和细节的容纳。"五四"前后，鲁迅虽然接受包括象征主义在内的现代主义思潮的某些影响，但小说创作的主体方法仍是现实主义。他反对把小说变成"泼秽水的器具"[2]；严厉批评那些"很说写实主义可厌"的批评家们："不厌事实而厌写出，实在是一件万分古怪的事"[3]；这些都证明他坚持现实主义创作思想。在那时，鲁迅非常看重小说描写的细节真实。1921年6月，他译完日本作家菊池宽的小说《三浦右卫门的最后》，写了一篇译后记，特意指出作品细节描写不真实的缺陷：

> 这一篇中也有偶然失于检点的处所。右卫门已经上

---

① 《三闲集·怎么写》。

② 鲁迅：《〈孔乙己〉附记》。

③ 鲁迅：《〈幸福〉译者附记》。

绑了——古代的绑法，一定是反剪的——但乞命时候，
却又有两手抵地的话，这明明是与上文冲突了，必须说
是低头之类，才合于先前的事情。

到 1925 年翻译厨川白村《出了象牙之塔》时，鲁迅已很看重
夸张、变形的漫画手法（参见该书《为艺术的漫画》一篇）。
而到 1927 年撰写《怎么写》一文时，鲁迅创作思想更有大的
变化。他提出：小说"有破绽也不妨"，"幻灭之来，多不在
假中见真，而在真中见假"。他读《越缦堂日记》仿佛受了欺
骗，但"翻翻一部小说，虽是很荒唐，浅陋，不合理，倒从来
不起这样的感觉的"。因此，鲁迅得出了"与其防破绽，不如
忘破绽"的大胆结论。德国表现主义理论家库·品图斯（Kurt
Pinthus）在 1915 年写的一篇文章中主张，可以"完全不理会所
谓真实的情节"；他认为"追求细节并不是、而追求总体才是
更为深刻的艺术本质"[①]。鲁迅的论断正与此吻合。《怎么写》可
以说是鲁迅创作思想发生重要转折的一个标志，它既是对《补
天》《奔月》《铸剑》一类小说创作经验的初步总结，又为以后
《理水》《出关》《起死》等小说的写作从理论上奠立了基础。

鲁迅在创作思想上向表现主义的倾斜不是偶然的，这是他
一贯主张对各种艺术思潮、艺术经验广泛吸取、借鉴的结果。

---

① 库·品图斯：《论近期诗歌》，《现代主义文学研究》上册，中国社会科学出
版社 1989 年版。

20世纪30年代，鲁迅在一封信中谈到印象派、达达派、未来派绘画时，曾批评了"有几位青年以为采用便是投降"的想法。鲁迅说："中国及日本画入欧洲，被人采取，便发生了'印象派'，有谁说印象派是中国画的俘虏呢？"[①] 可见，鲁迅的"拿来主义"主张，并没有将西方现代主义排除在外。

三

现在，我们也许可以进入《故事新编》创作方法的讨论。

《故事新编》是什么样的小说，中国大陆的学者在1956年至1957年曾经进行过一场颇为热闹的讨论。两种意见针锋相对：有的说它是杂文化的讽刺小说，有的说它是历史小说而具有现实战斗性，也存在着某些细节现代化的缺点。争论虽然那么激烈，但双方在一个根本点上却是共同的：都用现实主义来看待和肯定这部作品，并且都引鲁迅的话："近几时我想看看古书，再来做点什么书，把那些坏种的祖坟刨一下"，以解释《故事新编》的战斗意义。其实，将这段话与《故事新编》相联系，这本身就是一个误会。鲁迅原话见于1935年1月4日致萧军、萧红信，说的是"近来文字的压迫更严"一事。所谓"那些坏种"，专指蛮横地禁止或删改鲁迅与左翼作家文章的国民党新闻出版检查官。鲁迅确曾用宋、明亡国的历史材料，

---

① 鲁迅：《书信·340409致魏猛克》。

写成《病后杂谈》《病后杂谈之余》《"寻开心"》《"题未定"草（九）》等文章，悲愤地揭露国民党为日本侵华扫清道路，这就在"刨""那些坏种的祖坟"。可见，这段话本与《故事新编》并不相干。

　　20 世纪 40 年代的欧阳凡海，在《鲁迅的书》中曾经说过一点自己的看法："我们只能说鲁迅取材于历史的小说在原则上是现实主义的，若是从细节上说，鲁迅取材于历史的小说，却没有一篇足以作为现实主义的小说家处理历史题材的完整的范型。"① 然而，这在 20 世纪 50 年代一些学者心目中，不但不能接受，反被当作错误见解。连冯雪峰认为《故事新编》是"寓言式短篇小说"② 的看法也受到指责。可见，在那个独尊现实主义的时代，《故事新编》的创作方法问题注定是个死结，无法解开。

　　到 20 世纪 80 年代初，王瑶先生的《〈故事新编〉散论》③ 发表。他列举丰富的材料，用传统戏曲的丑角艺术来解释鲁迅历史小说中的"油滑"之处，认为作品中那些现代化细节，仅仅出现在穿插进去的次要的喜剧性人物身上，因而并不损害作品整体和主要人物的性格。应该说，这个见解有相当的合理性，它开启了一条新的思路，把《故事新编》的研究推进了一

---

① 欧阳凡海：《鲁迅的书》，文献出版社 1942 年版，第 29 页。

② 冯雪峰：《中国文学中从古典现实主义到社会主义现实主义的发展的一个轮廓》。

③ 收入王瑶著《鲁迅作品论集》，人民文学出版社 1984 年版。

大步。可惜，王瑶先生却没有沿着这一思路走下去。他提到了布莱希特，却仍满足于从艺术手法上为《故事新编》做出说明，而没有进到创作方法的层次上去考察。他认为《故事新编》就各篇的基本内容和规定情境而言，都符合历史主义与现实主义的原则，虽然他同时已经把最早的《补天》等三篇看作"都是英雄的颂歌"，说它们焕发着"浪漫主义的才情"。这样，在《故事新编》的创作方法问题上，王瑶仍大体停留于长期以来的原有论断，未能向前多跨一步，得出在他来说已不难得到的新结论。

《故事新编》真的是现实主义作品吗？恐怕每一个尊重自己的感性印象的读者，都不免会产生疑问。包括王瑶先生在内的研究者所做的解释，同样使人感到尚未尽释疑团，与作品实际还有距离。譬如说，《故事新编》中喜剧化地针砭现实的笔墨，真的只局限在"二丑"一类很次要的人物身上，而"主要人物身上并没有出现那些带有喜剧因素的现代性细节"吗？事实并非如此。且不说《起死》中有主人公庄子吹警笛，《理水》中有大禹批准"女隗小姐来做时装表演"这类现代化情节。仅举《奔月》为例，小说写到羿发现妻子嫦娥服药飞升后，心情懊丧地对使女说："那么，你们的太太就永远一个人快乐了。她竟忍心撇了我独自飞升？莫非看得我老起来了？但她上月还说：并不算老，若以老人自居，是思想的堕落。"羿提到的最后这句话——"若以老人自居，是思想的堕落"，无疑是作者用来贬斥高长虹一流人物的。它完全是一种现代性的语言和喜剧化的细节，然而又确实出自正面主人公之口。可见，鲁迅写小说时未必一定严格区分主要人物、次要人物而采取不同的艺术手法，他的创作方法、创作原则恐怕仍是统一的。

这里不可避免地要回答《故事新编》属于什么创作方法的问题。根据我的理解，《故事新编》并非现实主义，而主要是现代主义——确切一点说是表现主义的产物。

《故事新编》十分引人注目的一个特点，是在"神话、传说及史实的演义"①中引进某些现代内容和现代细节，以古和今的强烈反差造成滑稽和"间离"的效果。这也正是表现主义艺术的一个重要特征。

《故事新编》的创作虽然从 1922 年起到 1935 年止长达 13 年，但全书各篇始终贯穿着一种共同的精神，就是对传统小说艺术的大胆突破和创新。作者无视种种形式法规，敢于做"冲破一切传统思想和手法的闯将"，公开宣布"如果艺术之宫里有这么麻烦的禁令，倒不如不进去"②。在历史题材小说中有意写进一些现代内容、现代细节和现代语言，像人们经常提到的"《补天》中的'古衣冠的小丈夫'，《理水》中的'OK''莎士比亚'，《采薇》中的'海派会剥猪猡'，《出关》中的'来笃话啥西'等"③，这可以说是鲁迅所进行的独一无二的创造。

---

① 鲁迅：《南腔北调集·〈自选集〉自序》。

② 鲁迅：《华盖集·题记》。

③ 吴颖：《再论如何理解〈故事新编〉的思想意义》，《〈故事新编〉的思想意义和艺术风格》，上海新文艺出版社 1957 年版。

作者自己在《故事新编·序言》中称这类现象为"油滑",说"油滑是创作的大敌,我对于自己很不满"。但同时又说从第一篇《补天》之后"过了十三年,依然并无长进"。还在1933年6月7日致黎烈文信中正面表示:"此后也想保持此种油腔滑调"。鲁迅在长达十三年时间中如此执意去做,当然经过深思熟虑,有他自己独特的用意。他说:《故事新编》"都不免油滑,然而有些文人学士,却又不免头痛,此真所谓'有一利必有一弊',而又'有一弊必有一利'也"①。这是就小说的现实讽刺作用而言。从我们读者的直接感受来说,这类写法所造成的艺术上风趣、滑稽、生动的效果,是其他写法所无法比拟,也无可替代的。翻开《铸剑》,当读到那个"干瘪脸的少年却还扭住了眉间尺的衣领,不肯放手,说被他压坏了贵重的丹田,必须保险,倘若不到八十岁便死掉了,就得抵命"时,谁不佩服鲁迅三言两语就把一名无赖刻画得声态俱备、惟妙惟肖!《出关》中,当我们读到关尹喜留下《道德经》五千言,送给老子一包盐、十五个饽饽算作稿酬,"并且声明:这是因为他是老作家,所以非常优待,假如他年纪青,饽饽就只能有十个了",谁又能忍住不发出笑声呢!许多人都有这种经验:在十四五岁的中学生时代,拿着《故事新编》读不下去,而到四五十岁有了较多社会经历之后再读,就爱不释手。小说的情节叙事和主要人物形象总是把读者紧紧拉进规定情境,而现代细节则明白

---

① 鲁迅:《书信·360201致黎烈文》。

无误地时常提醒读者：这是艺术，并非真事！这就是上述"古今杂糅"的艺术手法所取得的独特效果。

《故事新编》另一个引人注目的特点，是部分作品所显示的情节内容的荒诞性。《理水》所写的大禹治水时期，文化山上学者们的食粮，竟都是"从奇肱国用飞车运来的"，这当然有荒唐意味，却不一定怪诞。我所说的情节内容的荒诞性，是指《起死》《铸剑》一类作品。德国表现主义戏剧家托勒（鲁迅译为托勒垒尔），在第一次世界大战结束的1918年，写过一个剧本叫《转变》。一开头就是噩梦般的幻景：骷髅们都从坟墓中爬出来，像士兵一样列队游行，滚动头颅，以多取胜，取得了强烈的效果。鲁迅不一定读过这个剧本，但他以戏剧的形式写《起死》时的艺术思路，实际上却是和托勒相通的。在鲁迅笔下，初出场的庄子是一副游戏人间、优游潇洒的姿态。这位主人公为了解除旅途寂寞，忽生奇想，愿意使五百多年前死去的骷髅复生，陪他一路聊天，因而在司命大神面前鼓吹了一通"齐生死"的理论。不料死者复活，成为赤条条的汉子以后，扭住庄子不放，要剥庄子的衣服。尽管庄子能言善辩，说什么"衣服是可有可无的"，"鸟有羽，兽有毛，然而王瓜、茄子赤条条"，仍然被对方搞得狼狈不堪，只好"摸出警笛来狂吹"。现实生活的严峻逻辑，终于宣告了"此亦一是非，彼亦一是非"这类相对主义的破产。《起死》的作者将精辟的思想，寄寓在荒诞的情节中，获得异常神奇而强烈的效果。从此，庄周这位喜剧角色的生动、有点漫画化的形象，就深深镌刻在读者脑中，再也涂抹不掉，《铸剑》从风格上说，与充满诙谐幽默味道的《起死》正好相反。它是一篇严肃地表现和赞美复仇精神的作品，充满阳刚之美。作者在古代典籍材料的基础上，经过创造性的艺术想象，同样构筑了荒诞不经而又扎实生动的情节内容。黑色人带着眉间尺的头颅进宫表演这个高潮写得尤其"伟丽雄壮"①，令人叹为观止。一口盛满沸水的大金鼎，"炭火也正旺，映着那黑色人变成红黑，如铁的烧到微红"。在国王和臣僚面前，黑色人且歌且舞，呼应着鼎中涌起的水柱，而眉间尺的头颅"即随水上上下下，转着圈子，一面又滴溜溜自己翻筋斗"。这头颅升到水柱顶端，同样开口唱起神秘悲壮的歌："血一头颅兮爱乎呜呼。我用一头颅兮而无万夫！彼用百头颅，千头颅……"甚至向着国王"嫣然一笑"。随后，黑色人终于看准机会，挥剑砍下国王脑袋，自己的头颅也进入鼎中助战，把暴君的头颅撕得稀烂，以血战到底、同归于尽的气概完成了复仇大业。在我读过的作品中，实在想不起还有什么其他场面比这里写得更为神奇壮丽，而又如此撼人心魄！如果说，在《起死》中鲁迅借一颗头颅的复活完成了一出颇有讽喻意味的喜剧，那么，在《铸剑》中就借三颗头颅的搏斗完成了一出富有悲壮情调的复仇正剧。表现主义被公认是一种"将蓄在作家内心的东西向外面表现出去"的艺术，搞得不好，容易抽象化，或者变成所谓"寓言式小说"；但鲁迅却发挥自己的艺术

---

① 鲁迅：《书信·360328致增田涉》。此语原形容一首歌，借用来形容这一场面。

才能和社会经验，运用神奇的想象和荒诞的情节，将作品写得更其有声有色，历险境如履平地，这不能不使人钦敬佩服。

《故事新编》最重要的艺术特点，我以为还在于借古代的故事将作者特定的情感、心境、意趣加以外化和折射。这也可以说是一种"自我表现"，但却是表现主义意义上的"自我表现"，而不是简单庸俗的"自况"。

《故事新编》所收的小说，大体上都寄托着作者不同境遇中的不同心态和不同意趣。以《补天》为例，"原意是在描写性的发动和创造，以至衰亡的"①。鲁迅大约在日本留学时期就开始接触弗洛伊德学说。但直到 1922 年冬天才来写《补天》，却和"五四"落潮期本人久已郁积的寂寞、苦闷的心情有关。小说中女娲的懊恼、郁闷，将自己的精力和生命"四面八方的迸散"到软泥捏成的小东西身上，以及从炼石补天这场艰辛壮丽的劳动中获得创造的欢乐，实际上是和鲁迅自己创作生活中经验过的类似心情相呼应的。鲁迅在下面这句话中已泄露了此中的秘密。他在《故事新编·序言》中说：《补天》"取了弗罗特说，来解释创造——人和文学的——的缘起"。《补天》的内容按理完全和文学创造无关。女娲不是作家，小说里也不曾交代她写过什么文学作品。为什么鲁迅要把和《补天》毫不相干的"文学的缘起"说成创作意图之一呢？只能有一个解释，就是小说本身确实同作者创作上的内心体验密不可分，甚至也就

---

① 鲁迅：《南腔北调集·我怎么做起小说来》。

是这种内心体验的外化。

《奔月》《铸剑》与作者心境的关系，则更为直接也更为明显一些。《奔月》不写主人公羿当年连射九日的雄姿和气概，却着力突出他当前的境遇：他射光了封豕长蛇，熊豹山鸡，落了个英雄无用武之地，只能让老婆天天吃乌鸦炸酱面；他的历史功绩被人淡忘；弟子逢蒙转过来暗害他；不耐清苦的嫦娥，终于吞药飞升。这种写法，虽然有所根据，却都在强烈地呼应并表现着作者那时悲愤和苍凉的心境。鲁迅在《两地书·九三》中曾说过自己痛苦的经验："有些青年之于我，见可利用则尽情利用，倘觉不能利用了，便想一棒打杀，所以很有些悲愤之言。"这在小说中也都有表现的。至于《奔月》还寄托了鲁迅与许广平那时相当微妙的恋情，近年也被有些学者的研究所证实（如李允经《爱情"危机"的艺术再现》一文）。所以，说《奔月》是一篇"将蓄在作家内心的东西向外表现出去"的小说，应该毫无问题。《铸剑》写的是古代侠士代人向专制暴君复仇的故事，体现着作者与黑暗势力势不两立的根本精神。黑色人宴之敖者从外貌到性格、气质、心态、语言都有点像鲁迅。他"衣服却是青的，须眉头发都黑；瘦得颧骨，眼圈骨，眉棱骨都高高地突出来"。他冷峻严厉得像铁，拒绝一切温情，不愿眉间尺称他为"义士"，如有的学者指出的那样，具有"尼采式强者"的特征。他对眉间尺说："孩子，你再不要提这些受了污辱的名称。仗义，同情，那些东西，先前曾经干净过，现在却都成了放鬼债的资本。我的心里全没有你所谓的那些。我只不过要给你报仇！"又说："你还不知道么，我怎么地善于报仇。你的就是我的；他也就是我。我的魂灵上是有这么多的，人我所加的伤，我已经憎恶了我自己！"这是读者从《过客》《这样的战士》等篇中早已熟悉了的一种性格气质。有趣的是，连"宴之敖者"这个名字，也是鲁迅在1924年辑成《俟堂专文杂集》一书时曾经用过的笔名。因此，即使把小说中怪诞情节之类搁置不论，仅就上述情况而言，说《铸剑》是一篇表现主义成分很重的小说，我相信也会得到学界赞同的。

采用这种观察方法，《故事新编》中其他各篇的问题大致也可迎刃而解。如《理水》《非攻》，寄托着作者在20世纪30年代混乱环境中对大禹、墨翟这类脚踏实地、埋头苦干的实干家的期待以及对一些莫名其妙的学者文人的憎恶。《采薇》《出关》则在"复调小说"的多义性氛围中表现着作者对伯夷、叔齐、老子这些历史人物的复杂心情以及由现实中得来的多种感兴。它们都不是黑白分明的单纯的英雄颂歌或单纯的讽刺作品。事实上，鲁迅写女娲、羿、禹这些神话或传说中的英雄，就是要从内心世界上把他们还原成为平常人。他们有平常人的欲望，有平常人的苦恼和欢乐，有平常人的弱点（如《理水》结尾时的禹），也像平常人那样受气。这情形，就像《尤利西斯》的作者把奥德赛的故事拉到现代，把神话中的英雄变成平凡卑微的现代人一样，也是现代主义作品共有的趋向。鲁迅后来的小说创作，越来越看重"意"的贯注与表达，绝非偶然。

这同鲁迅文艺思想上表现主义成分的增强有密切的关系。而《故事新编》，按照作者的自白，就正是"只取一点因由，随意点染"而成的艺术结晶。

本文原为1993年11月汉城"鲁迅的文学与思想国际讨论会"上的报告，修改定稿后载于《中国社会科学》1995年第二期，后被译成英文刊于该刊英文版1996年第三期

一场静悄悄的文学革命

——在查良镛获北京大学名誉教授仪式上的贺词

如果说"五四"文学革命使小说由受人轻视的"闲书"而登上文学的神圣殿堂,那么,金庸的艺术实践又使近代武侠小说第一次进入文学的官殿。这是另一场文学革命,是一场静悄悄地进行着的文学革命。

今天,北京大学在这里举行隆重仪式,授予查良镛先生名誉教授称号。我作为中国现代文学的一名研究者,首先要向查先生表示热烈的祝贺!

中华文化的巨大之谜

查良镛先生可以说是华人世界拥有读者最多的一位作家。他用"金庸"为笔名发表的武侠小说,赢得了各种层次读者的喜爱,真正做到了雅俗共赏。"金庸热"已经持续了三十多年:最初是港澳读者欢迎,以后从港澳"热"到了台湾地区和东南亚，再"热"到海外华人世界，19世纪80年代又"热"到了大陆。不但市民、青年学生和有点文化的农民爱读，而且连科学家、工程师、大学教授、政治家乃至一些领袖人物也会入迷。像世界闻名的科学家杨振宁、李政道、陈省身、华罗庚，像国际著名的中国文学专家陈世骧、夏济安、程千帆，他们都喜欢阅读和谈论金庸小说。在科学昌盛的20世纪，金庸的武侠小说竟然拥有这样多的读者；在"五四"文学革命过了七十多年，新文学早已占有绝对优势的今天，武侠小说忽然又如此风靡不衰：这难道不是20世纪中华文化的一个巨大的谜吗？

金庸武侠小说受到广大读者欢迎绝不是偶然的。它虽然产生在香港商业化环境中，却没有旧式武侠小说那种低级趣味和粗俗气息。金庸小说不仅有神奇的想象、迷人的故事，更具有高雅的格调、深邃的思想，通俗而不媚俗。他的小说武侠其表，世情其实，透过众多武林人物的描绘，深入地写出历史和社会的人生百态，体现出丰富复杂的现实内容和作者自身的真知灼见。像《天龙八部》通过萧峰之死所揭示的民族斗争尖锐年代造成的悲剧，包含了多么巨大丰富、发人深省的内容，艺术力量又是多么震撼人心！《射雕英雄传》《神雕侠侣》《碧血剑》又以多么生动感人的小说笔墨，塑造或赞美了郭靖、袁崇焕这类为民众利益献身的"中国的脊梁"式的人物，弘扬着中华民族的凛然正气！《笑傲江湖》刻画的岳不群、《鹿鼎记》所写的韦小宝等形象，完全称得上是很有深度的艺术典型，熔铸着作者对生活的独特发现，具有极大的认识意义。"文革"

初期，林彪、"四人帮"的气焰如日中天，个人迷信极其盛行，敢于在那样的年代，通过小说对这类现象加以讽喻，这需要多么超卓的胆识！在思想的深刻、独到方面，金庸小说不亚于一些新文学大师的杰出作品。金庸小说虽然用几百年前的历史做背景，却渗透着真正的现代意识：既有反对封建专制的民主思想，也有反对民族压迫的平等观念；既有朴素的阶级意识，也有弗洛伊德、荣格以来的现代心理学知识，还有现代的悲剧观念、喜剧观念以及《鹿鼎记》所代表的先锋意识。金庸小说深烙着鲜明的时代印记，是 20 世纪中西文化交汇时代的产物。

武侠小说的高层次升华

金庸武侠小说包含着迷人的文化气息、丰厚的历史知识和深刻的民族精神。作者以写"义"为核心，寓文化于技击，借武技较量写出中华文化的内在精神，又借传统文化学理来阐释武功修养乃至人生哲理，做到互为启发，相得益彰。这里涉及儒、释、道、墨、诸子百家，涉及千百年来中华民族众多的文史科技典籍，涉及传统文学艺术的各个门类如诗、词、曲、赋、绘画、音乐、雕塑、书法、棋艺等。作者调动自己在这些方面的深广学养，使武侠小说上升到一个很高的文化层次。像陈世骧教授指出的《天龙八部》那种"悲天悯人"、博大崇高的格调，没有作者对佛教哲学的真正会心，是很难达到的。我们还从来不曾看到过有哪种通俗文学能像金庸小说那样蕴藏着如此丰富的传统文化内容，具有如此高超的文化学术品位。如果读一读《碧血剑》附录的那篇《袁崇焕评传》，我们就会知道作者在一些有关的历史问题上曾经下过多大的功夫并形成多么精辟的见解（有些见解可以说远远超过研究袁崇焕的历史学家）。金庸的武侠小说，简直又是文化小说；只有想象力极其丰富而同时文化学养又非常渊博的作家兼学者，才能创作出这样的小说。

以精英文化改造通俗文化的"全能冠军"

从艺术上说，金庸小说有不少称得上是文学精品，和市面上那些粗制滥造之作大相径庭。作者运用西方近代文学和中国新文学的艺术经验去创作武侠小说，改造武侠小说，将这类小说提高到前所未有的水平。在金庸笔下，武侠小说被生活化了。金庸重视小说情节，然而绝不任意编造情节，他更看重的是人物性格，相信"情节是性格的历史"，坚持从性格出发进行设计，因而他的小说情节显得曲折生动而又自然合理，既能出人意外，又在人意中。金庸小说又很讲究艺术节奏的调匀和变化：一场使人不敢喘气的紧张厮杀之后，随即出现光风霁月、燕语呢喃的场面，让人心旷神怡，这种一张一弛、活泼多变的艺术节奏，给读者很大的审美享受。金庸还常常用戏剧的方式去组织和结构小说内容，使某些小说场面获得舞台的效果，既增强了情节的戏剧性，又促使小说结构趋于紧凑和严谨。金庸的语言是传统小说和新文学的综合，兼容两方面的长处，传神而又优美。他的小说发表之后，还要不断打磨，精益求精，有的修改三四遍，有的简直是重写，这种严肃认真的创作态度，也与"五四"以来优秀的新文学作家如出一辙。金庸对过去各种类型的通俗小说，当然是注意汲取它们的长处的，我们从他的小说中，常常可以感觉到作者综合了武侠小说、言情小说、历史小说、侦探小说、滑稽小说等众多门类的艺术经验，创造性吸收，从而使他成为通俗小说的集大成者。但是，金庸借鉴、运用西方近代文学和中国新文学的经验去创作武侠小说，使他的小说从思想到艺术都呈现出新的质素，达到新的高度，这却是根本的和主要的方面。金庸小说实际上是以精英文化去改造通俗文学所获得的成功。有容乃大，金庸这种多方面的借鉴、汲取和创新，使他成为一位杰出的小说大师，他在武侠小说中的地位不是单项冠军，而是全能冠军。

新的文学革命

文学历来是在高雅和通俗两部分相互对峙、相互冲击又相互推动的机制中向前发展的；高雅和通俗的相互制约又相互影响，是文学发展的内在动力。在中国长期的封建社会中，小说被看作"闲书""小道"而不能进入文学的殿堂，这严重阻碍着文学的发展。七十多年前的"五四"文学革命，终于打破上千年的偏见，使小说登上文学这个大雅之堂。这是当时那场文学革命的巨大历史功绩。然而，这场革命又是不完全的。"五四"先驱者只把新文学中的小说抬了进去，对当时流行的通俗小说却鄙视而持否定的态度（新文学本身的某种欧化倾向也与此有关），通俗文学几十年来只能转入社会底层，成为文坛底下的一股潜流。尽管赵树理那样的有志之士企图汲取通俗文学经验创制一种新文学使它能在农民中扎根，但整个来说，通俗文学及其在文学发展中的作用依然不受重视。金庸小说的出现，标志着运用中国新文学和西方近代文学的经验来改造通俗文学的努力获得了巨大的成功。如果说"五四"文学革命使小说由受人轻视的"闲书"而登上文学的神圣殿堂，那么，金庸的艺术实践又使近代武侠小说第一次进入文学的宫殿。这是另一场文学革命，是一场静悄悄地进行着的革命，金庸小说作为 20 世纪中华文化的一个奇迹，自当成为文学史上光彩的篇章。

我们衷心钦佩查良镛先生在事业上和文化上取得的双重的巨大成就，并向他致以最诚挚的敬意！

1994 年 10 月 25 日，原载香港《明报月刊》
1994 年 12 月号

金庸笔下的大理

——1998年4月12日在大理"金庸学术研讨会"
上的发言

我们的主人出了一个很好的题目:"金庸与大理"。大理风
光之美,千百年来闻名于世;而金庸小说,又是那么脍炙人
口。二者并列互证,无论从哪方面说都是锦上添花,相得益
彰。人生难得之乐,是鱼与熊掌兼而得之,现在我们这些与会
者却有幸达到了这种境界:既享受金庸美好的小说,又享受大
理美好的风光,真是大饱眼福、心旷神怡。所以我在这里首先
要感谢会议的主人和小说家金庸先生。

下面我就金庸笔下的大理,说些粗浅的阅读感受。

金庸涉及大理的小说,主要是三部:一是《天龙八部》,
另外是《射雕英雄传》和《神雕侠侣》。后两部中的"南帝"
段智兴,就是大理国皇帝,朱子柳是大理国宰相,其他还有一
些人物也是大理国的官员,瑛姑则是大理国的皇妃。但笔墨较
集中的,还是《天龙八部》。

金庸笔下的大理,自然景色是秀美而又雄奇、甚至带点神

秘色彩的。像一泻千丈的滇西飞瀑，神异静谧的无量玉壁，奔腾咆哮的澜沧江水，气势非凡的"善人渡"桥，这些都构成了《天龙八部》故事的有机组成部分，随着主人公段誉的历险过程而逐步动态地展示出来，具有极大的魅力。段誉在晚间为逃脱别人的追捕而从山崖坠入谷底，先是"耳中轰隆轰隆的声音越来越响"，感到"水珠如下大雨般溅到头脸之上，隐隐生疼"。"到了谷底，站直身子，不禁猛喝一声彩，只见左边山崖上一条大瀑布如玉龙悬空，滚滚而下，倾入一座清澈异常的大湖之中。大瀑布不断注入，湖水却不满溢，想来另有泄水之处。瀑布注入处湖水翻滚，只离瀑布十余丈，湖水便一平如镜。月亮照入湖中，湖心也是一个皎洁的圆月。"面对这造化的奇景，段誉瞧得目瞪口呆，惊叹不已。到黎明时分，发现"瀑布之右一片石壁光润如玉"，非常平整，如琉璃，如明镜，于是想道："看来这便是他们所说的'无量玉壁'了。"段誉起先猜测，所谓"玉壁上有舞剑的仙人影子"乃无稽之谈，"定是湖面上有水鸟飞翔，影子映到山壁上去，远远望来，自然身法灵动，又快又奇"。后来却又发现，自己所站湖岸的身后还有一片石壁，"这片石壁平整异常，宛然似一面铜镜，只是比之湖西的山壁却小得多了"。终于在第二晚月光之下，发现对岸大石壁上确有人影，而这人影其实就是站在小石壁前的自身的影子，原来"我便如站在两面镜子之间，大镜子照出了小镜子中的我"。这才开始揭出"无量玉壁"的真相，肯定了几十年前真有一男一女常常在这里舞剑。于是才使段誉发现崖壁上的秘密通道和"琅環福地"的石室群成为可能。其他像"善人渡"铁索桥与奔腾的澜沧江的描述，也都是和小说主人公当时的行动和心情紧紧结合着的，因此显得极其贴切生动而又不拘一格、变化多端。

这些美景，有的有所依据，有的全然出于作家的艺术想象。金庸没有到过大理，却将滇西景色写得如此迷人，实在令人佩服。我甚至在想，类似"无量玉壁"这样的风景，说不定哪天会在大理周围和滇西群山中真被发现，那将引起极大的轰动。这是我的第一点感想。

金庸笔下的大理，人文环境是淳朴、善良、心性平和的。历史上的大理，百姓都笃信佛教，上层又受儒家文化的很深影响，整个社会似乎沉浸在一种仁厚宽和的气氛中。段誉的痴情、厚道、爱管闲事、反对学武，一方面是他的个性使然，另一方面也多少反映了大理国的社会风尚，与大环境有关。像在位的皇帝竟然出家为僧，这类事在中原只可能是极个别的例外（如清代的顺治皇帝），而在大理却出现了不少。到《射雕英雄传》中南帝段智兴为止，十八代皇帝之中，倒有七人出家，金庸举到的就有秉义帝、圣德帝、孝德帝、保定帝、宣仁帝、正廉（康）帝、神宗等。这是历史上的大理国所独有的现象，给读者留下极深刻的印象。为什么会这样？金庸在《射雕英雄传》中借"南帝"段智兴亦即出家后的一灯大师之口作了解释，他说："我段氏因缘际会，以边地小吏而窃居大位。每一代都自知度德量力……始终战战兢兢，不致稍有陨越。但为帝皇的不耕而食，不织而衣，出则车马，入则宫室，这不都是百姓的血汗么？是以每到晚年，不免心生忏悔，回首一生功罪，总是为民造福之事少，作孽之务众，于是往往避位为僧了。"这当然也是金庸站在人民立场上对历史现象作出的假设性诠释。正因为这样，《天龙八部》中，段正明禅位给段誉时就说："做皇帝吗，你只须牢记两件事，第一是爱民，第二是纳谏。"看来，历史上的大理一带确是"妙香佛国之地，鼓乐钟磬之邦"，社会阶级分化或许并不十分厉害，皇帝权力也没有发展到像晚期封建社会明朝那种"绝对君权"的地步。中原地带封建社会到晚期，皇帝有绝对的权力，他想用谁就用谁，他想杀谁就杀谁，可又不负任何责任。明朝最后一个皇帝崇祯在位十七年，撤换过五十个宰相（内阁大学士），平均每年换三个，还杀了两个首相（首辅）、七个总督、十三个巡抚。这种事情在历史上的大理国是不可能发生的。据宋末元初的郭松年在《大理行记》中记载他本人见到的大理国的景象是："居民凑集，禾麻蔽野"，庙宇极多，"百姓富庶，少旱虐之灾"。"其宫室、楼观、言语、书数，以至冠、婚、丧、祭之礼……其规模、服色、动作、行为，略本于汉，自今观之，尤有故国之遗风焉。"可见，大理的人文环境确实是富庶而又相对淳朴、平和的，金庸笔下呈现的景象是真实的。这是我的第二点感想。

第三，我觉得金庸对大理似乎情有独钟。《天龙八部》本来有主人公乔峰、段誉、虚竹三位，他们的足迹几乎遍及宋、辽、大理、西夏、吐蕃乃至天山等地的整个中国，但金庸却给小说起了一个从佛教借来的富有象征意味的名字，而且作者自己站出来说明："这部小说以'天龙八部'为名，写的是北宋时云南大理国的故事。"我曾经纳闷：小说明明写到了中原、契丹、西夏和北部边疆宽广的生活内容，为什么只说"大理国的故事"呢？后来似乎悟出点道理：作者写宋、辽统治者双方互相残杀，百姓遭殃，以及慕容博、慕容复父子野心勃勃地为了恢复大燕国而挑动辽宋战争，写他们权势欲膨胀而干坏事，实际上正好衬托了当时大理国人文风气宽和、人民安居乐业这种比较理想一点的社会。也就是说，在小说所写到的五个地区中，金庸感情上或者潜意识上比较倾向于大理国这类平和、宽容的社会形态。小说本身也是从大理开头，故事都由段誉、段正淳生发开去，最后又以大理收尾，让那个做皇帝梦一直没有醒，终于精神错乱的慕容复，在大理的一处坟头上对着孩子们南面称孤，演出富有嘲讽意味的场面。这里面确实让人感到有一些意味深长的东西。即使在《射雕英雄传》《神雕侠侣》中，金庸似乎对"南帝"段智兴的出场在笔墨上也显得特别庄重，不仅让他在历尽人生沧桑后"大彻大悟，将皇位传给大儿子，就此出家为僧"（第 1229 页），忏悔"我一生负瑛姑实多"（第 1231 页），并且通过朱子柳与刘贵妃的对话，赞颂段皇爷"爱民如子，宽厚仁慈"（第 1235 页），不知其中是否体现了作者对段智兴人格上的特别钦佩和感情上的某种倾斜？

　　说得不对之处，请各位批评指正。

漫谈金庸武侠小说 ①

我想讲四点。

第一点，就是讲金庸小说是娱乐品。（金庸小说）是娱乐品，但却是有思想的娱乐品。

金庸自己说过："武侠小说本身是娱乐性的东西。但是，我希望他多少有一点人生哲理或个人的思想。通过小说，可以表现一些自己对社会的看法。"这是金庸的原话。也就是说，金庸是自觉地追求一点武侠小说的思想性。他没有把娱乐和思想决然地对立起来。他的小说情节是荒诞的、是出于想象的，但是所包含的情理是真实的，是在现实生活里也可以找到的。因此它能够引起人的一些联想，给人许多启发。金庸小说里面，体现着许多作者的独立思考、独立批判的精神。我们拉开一点来说，像《射雕英雄传》第一回，通过曲三和说书人张十五之口揭露了南宋时真正害死岳飞的罪魁祸首，恐怕不是秦

---

① 编者注：该文根据严家炎在《百家讲坛》栏目的讲演整理。

桧，而是高宗皇帝自己。高宗皇帝因为要坐稳皇帝的宝座，宁可把一心一意抗金想要赢回徽钦二帝的岳飞杀害了。

学生提问：

在历史上，明朝和明教到底有多少关系？而作者为什么这样写？还有就是关于张无忌这个人物，好多人都觉得他这个人好像太软弱了，我不知道严教授您是怎么来看？

严家炎：

那么明教跟明朝有没有关系呢？可能有一点关系。元末的农民起义里边，明教似乎起了一定的作用，波斯传过来的摩尼教、拜火教起了一定的作用。我没有去考证明朝跟明教有什么关系，但是明教是有点作用。

张无忌是有点软弱，金庸也是作为比较软弱的性格来写他的，同时，也写他这个人是没有什么野心的。韩灵儿要把他推为皇帝，周芷若很愿意当皇后娘娘，但是张无忌是不愿意当皇帝的。所以他说我如果有非分之想，不得好死。他是一个比较软弱，但也是比较宽厚的一种性格。作者写出他的长处，也写出他的弱点。

旧的武侠小说的侠客，他们念念不忘的就是个人复仇。为了个人复仇，可以伤及许多无辜。《水浒传》里面，武松杀张都监时，把他们全家老老少少，连小孩儿童，包括佣人、厨师、马夫，一个一个全家都杀干净了。其实这些人有什么罪过呢。这就是过去的武侠小说的一些问题。但是金庸小说绝对不是这样的。金庸小说对于复仇，他是有他自己的看法。比方郭靖杀了完颜洪烈，因为自己的国仇和家恨，最后是报了仇。但是报完仇以后，他觉得因为报仇伤了很多无辜的人，自己心里非常不安，他反省，甚至有一段时间觉得练武都是不应该的。到了这个程度。杨过本来是为父亲杨康报仇的，到后来知道杨康的真相后，杨过就放弃了报仇的念头，他还是跟着郭靖夫妇走了，抗元。这表现了作者对于复仇这个问题的态度。他是不赞成冤冤相报、没完没了、杀掉许多人。作者显然是有自己明确的、正确的态度，是一种现代人的态度。

旧的武侠小说里，人生理想就是要立功做官，最后要作威作福、子女、玉帛。他们的人生理想是六个字：威福、子女、玉帛。威福，就是作威作福；子女，就是多子多孙；玉帛，就是有大量的财富。但是金庸小说的主人公的思想倾向是完全不同的。他是不但否定个人复仇，而且他作品里的许多正面主人公都渗透着个性解放、人格独立的这种精神。无论是令狐冲、杨过还是像洪七公这类人物，都是有真性情的一些人物。他们追求的不是做官，恰恰相反，他不做官府的鹰犬，是独立自主的、有独立人格的一些人物。见义勇为、任性、率性而行，都是这样一些人物。最后，他觉得做了自己一生应该做的事情之后，退避、隐居，一个一个都退隐了。有的像郭靖，在抗元的过程中，抗元很长时间，这十几年时间，最后自己牺牲了，这是一种结局。另外有些像杨过、令狐冲这些人，实际都是退隐了。尽了自己一生应该尽的职责以后，（选择）退隐，他绝不想去当官。

金庸小说里边写到的爱情也是跟旧礼教完全相反的。杨过同小龙女的爱情，是充满了叛逆精神的。师徒，在过去是不能结合的，但是杨过就说"哪怕砍我一千刀一万刀我还是要跟小龙女——我师傅结合"。即使知道小龙女是受人奸污过的，但他知道真相之后，也还是没有改变自己的志向。这说明杨过把所谓贞洁观念、旧礼教的观念完全置之不顾，他是一个礼教的叛逆者。胡一刀选择对象的时候有两种选择，一个是让他选择大笔财富——一个宝库，另一个选择就是他自己的妻子。两个里边选择一个，你要财富就不要你心爱的人。但是胡一刀选择的是他的妻子。他认为财富与自己真正心爱的人相比终究是次要的，是不能相比的。这也可以看出金庸小说对于爱情的理想。金庸自己说过他对爱情的想法，大概是两句话"青梅竹马、白首偕老"。就是从小时候两个人互相非常地了解，最后产生了深厚的感情，结合以后，希望一生不变。在西方有一个故事，一位高明的雕刻家，最后最爱的就是自己雕刻的这个成果——雕像，所谓皮格马利翁效应。金庸小说《天龙八部》里边所写到的，恐怕也是属于这种情况。这就是我刚才说到的，用现代心理学在那里分析、把握人物的心理。他的爱情变化是这样来的，这是金庸的意图。也就是段誉进入到那个洞里以后，发现玉雕像非常像李秋水，最后这个人物真正爱的就是这个雕像。

在运用现代心理分析来刻画一些变态人物的方面，金庸也是很成功的。我不知道你们对于金庸小说里边那些变态人物是怎样看的。我觉得，有一位写得是最深刻的，那就是马副帮主的夫人康敏。那个人物真是不但残忍而且狠毒，他比李莫愁更坏。对变态人物的心理刻画能够深刻到那样一种地步：从小凡是好的东西她都要占过来，如果是别人的好的东西，比如邻居一个小姑娘的花衣服很好看，自己不能够到手，结果她把它剪碎。如果说人性恶的话，这就是恶到了极点。金庸用现代心理学去分析人物，分析得非常深刻。

学生提问：

金庸写的武侠小说很重要的一个特征是，描写"侠"和"情"。那么，对"侠"的问题来讲，中国传统文化中"侠"含有很大的一个成分，除了这个俯首心理以外，还有一个就是"士为知己者死"这么一层意义。那么在金庸的武侠小说里面，我看到的"侠"有很大部分是"士为知己者死"的这一层的含义。从这一点来讲，您认为金庸他描写的"侠"，他超出了传统的武侠小说了吗？

严家炎：

中国的侠在古代有"士为知己者死"这样一种状况、这样一种传统。但是最早的侠——原侠不一定是"士为知己者死"，他也没有被一个固定的主人养着。他就是路见不平，为一些弱小者伸张正义，可以献出他自己，这就是原侠。金庸小说，写的是不是都是一些士为知己者死的侠呢？恰恰不是。主要不是为知己者死。郭靖是在北方蒙古族里长大的。成吉思汗对他也提供一些帮助，也可以说有恩。但是他后来是抗元的。晚年的成吉思汗觉得自己很了不起，郭靖跟他有过一场争论。他认为成吉思汗这种人算不上什么了不起的英雄，真正了不起的英雄是为千千万万百姓好的，造福于民的，这样才是真正了不起的英雄，所以他跟成吉思汗发生争论了。成吉思汗死了以后，元朝建立过程当中要南征消灭宋朝，这个时候郭靖是帮助抗元的。如果是"士为知己者死"的话，郭靖应该去帮助蒙古族。金庸很多小说的主人公都不是士为知己者死，恰恰相反，是主持正义。他也不一定被某个人养着。这都是金庸超出过去的一些武侠小说，或者超出过去武侠传统的地方。

我建议大家看看鲁迅的一篇小说《铸剑》。我称《铸剑》为现代武侠小说。《铸剑》写的这种见义勇为（的主人公），就不是哪个主人养着他的。眉间尺是很幼稚的少年，他就是纯粹的打抱不平、主持正义。用他的武，也用他的智谋把国王——专制暴君给消灭了。这就体现的是一种原侠的精神。

我们在读很多通俗文学里边，还没有看到有哪一种小说能够像金庸小说这样，蕴藏着这样丰富的传统文化的内容，有这样独特的文化学术品位。金庸的武侠小说简直又是文化小说。只有想象力极其丰富而同时文化修养又非常渊博的作家兼学者才能创作出这样的小说。可见题材文类是限制不了人的。到了有高度文化素养的作家手中，俗文学同样也可以变雅。

学生提问：

您把金庸和大仲马来相提并论，您刚才在评价金庸的小说的时候用了两个词：

一个是娱乐小说，一个是文化小说。如果金庸小说像大仲马小说一样可以传播久远，它依靠的究竟是它的娱乐性还是它的文化性？而我们今人在读金庸的小说的时候更多的是在获取娱乐还是在汲取文化？而且听说金庸的小说不太容易翻译成外文，好像西方人不太理解中国那种艰深的哲学。那您觉得金庸小说对中国文化在世界范围内的传播意义何在呢？

严家炎：

我认为，从目前看，金庸小说在华文圈和所有中华文化影响的周边这些国家里，比方说东北亚、东南亚，等等，还有世界各地的华人范围里，那是起了极其广泛的影响。金庸小说翻译成为西方的作品，比方说翻译成为英文是有点困难。到现在为止，只有两部作品被翻译了。（一个）就是《雪山飞狐》，因为（它）是结构非常集中的一部小说，戏剧性非常强的一部小说。还有就是《鹿鼎记》，翻译《鹿鼎记》的作者就是翻译《红楼梦》最好的作者。但是，这个翻译家告诉我，他只翻译了三分之二的样子，他觉得有些部分很难翻译。比如涉及中国文化的一些术语，比方说"降龙十八掌"，怎么翻译啊。翻译了之后，外国人懂吗，西方人懂吗？"降龙十八掌"这个名词跟《易经》里边的有些诗文是有关系的，确实是地道的中国文化。但是翻译之后人家不懂。下等一点的，像韦小宝的骂人的那些语言能翻译出去吗？翻译了之后，人家也可能（觉得）莫名其妙。韦小宝很愿意占人家便宜。但是西方人并不一定就称人家为儿子、孙子，好像这样我就是长辈，就多么了不起，就沾了人家的光了。西方人并不一定这么看。为什么做父亲的就了不起，就一定是尊长。做儿子的就低人一等。这些西方的文化观念跟中国儒家的文化观念就不一样。因为我们有个儒家文化的背景，所以他们觉得很难翻译的原因是在这里。

至于说到这个作品，我想无论是文化意味很强的娱乐小说或者文化小说，其实最后都是要看他艺术上有没有魅力，能不能抓得住读者。金庸和大仲马之间有一些共同的地方。金庸是受了大仲马的影响，大仲马始终是金庸很喜欢的一个外国作家。但是大仲马的（作品）要跟金庸的（作品）比较来说，那么我想是可以做多方面的比较的，要说起来这个事情很复杂。

金庸小说里的一些人物，那是要比大仲马的一些小说人物的性格要复杂得多。大仲马的小说，特别是像《基督山伯爵》（《基督山恩仇记》），好人那就是好得不得了，坏人也是坏得不得了，有点简化。有的法国评论家自己都是那么说的。大仲马的小说非常多，他雇了七八个人帮他写。因为用他的名气打红了以后，很多人写出来都用大仲马的名字。他的小说多到四百多卷，这里边水平很不整齐。有一部分相当出色，但是相当多的一部分是比较平庸的作品。金庸的作品相对比较整齐。

我看到有人说金庸的作品，比方说《连城诀》好像是抄了大仲马的情节。《连城诀》的情节跟《基督山伯爵》（《基督山恩仇记》）有点类似的地方，但是主题就大不一样了。《连城诀》着重刻画的是权利和财富怎么可以糟蹋人、迷惑人，把人性引到多么可怕的地步上去。它的主题倒是跟巴尔扎克的《欧也妮·葛朗台》《高老头》这些作品有点相像。所以动不动就说金庸好像抄袭了什么东西，我认为是完全不对的，是不负责任的一种说法。

第四点是金庸小说在艺术方面吸取了多方面的营养，集中了多方面的长处，所以他在武侠小说里边，确实可以说是全能冠军。金庸运用西方近代文学和中国新文学的艺术经验去创作武侠小说、改造武侠小说，把这一类小说，提高到前所未有的水平。

比如金庸是很喜欢大仲马的，那么他把大仲马式的西方小说那种开门见山切入情节的技巧运用到他的武侠小说里面，所以小说一开头就能紧紧抓住读者。像《笑傲江湖》一开头的紧张情节就把读者抓住了。

金庸特别重视人物性格刻画。他相信"五四"以后人们所说的情节是性格的历史，坚持从性格出发来设计情节。他的故事可能是荒诞的，而人物性格却是真实的。金庸小说能够让人拿起来就放不下，甚至废寝忘食。靠的是什么呢，就是靠艺术想象的大胆、丰富而又合理，情节组织紧凑、曲折而又严密。他的情节既是出人意料的，但是仔细一想又是在人意中的。《天龙八部》里面，最没有称王称霸之心的段誉，最后却是做了皇帝，当上了皇帝；最没有男女之欲的虚竹和尚却做了快乐至极的西夏驸马；最怀着民族之恨的萧峰，却为了平息辽宋两国的争端，造福人民、造福百姓而杀身成仁；那个最想当皇帝的慕容复，最后却想得发了疯，才只能像演戏似的，对着几个小孩子坐在坟头上面，南面称孤，他自己也过这个皇帝瘾嘛。这是个悲剧。这样一种结局，能想象得到吗？一开头读《天龙八部》的时候能预料到这样一种结局吗？完全想象不到。但是仔细一想，他的这种情节的设计，是很合理的，是完全符合人物性格本身的。

金庸小说也讲究节奏的调匀和变化。在一场非常紧张的厮杀之后，下面很可能出现的是男女情爱的那样一种场面。这种一张一弛、活泼多样的艺术节奏，是给读者很大的审美享受的。这就是从中国传统的小说的节奏感里面学来的。金庸还常常用戏剧和电影的方式去组织和结构小说内容，使得某些小说场面，获得舞台的效果，既增强了情节的戏剧性，又促使小说结构趋于紧凑和严谨。比方说《射雕英雄传》，郭靖在牛家村小店密室疗伤，治疗自己的伤，然后看到小店里面来来往往，一拨人一拨人的，又来又去的，这就是一种戏剧方式。这样写就很集中，这个笔墨就不那么分散，小说就有了戏剧的好处。

金庸小说还把侦探小说、推理小说的技巧学过来。像《射雕英雄传》江南七怪被杀，除了柯镇恶、瞎子留下来以外，其他的都被害了。谁害的？使人怀疑。因为是在桃花岛，大概是黄家父女做的事。（郭靖）怀疑黄家父女——黄药师和黄蓉，于是郭靖跟黄蓉有段时间切断关系了，到了这个程度。但是最后在铁枪庙里面，通过柯镇恶的回忆，就把他事先埋伏的那些笔墨，都得到了呼应。原来干这个坏事的，是欧阳锋他们，是西毒这些人干的。这是用的侦探推理小说的那种技巧。

其他比方滑稽小说的一些成分，在金庸小说里面也有。桃谷六仙这样的人物，完全是陪衬的滑稽性人物。在里边起的作用就是让人读到这个地方活泼起来，觉得有趣、不沉闷、调笑，起这种作用。

通俗小说里面的言情小说的一些技巧，金庸也是学过来了，以至于写成了《神雕侠侣》这样专门去表现爱情内容（的作品），而且（其中）包含很多爱情哲理。在绝情谷里边的许多东西，是具有很强的爱情象征意义的成分。

所以说实际上金庸是把中外古今，包括戏剧电影这些技巧都学过来了。《雪山飞狐》的最后，胡斐跟苗人凤较量的时候，这一刀是有机会砍下去的，但是究竟他杀了苗人凤没有？刀举起来了，小说就戛然而止。这就是电影里边的定格。电影里边有一个词语叫作定格。

因为金庸也是电影导演、电影编剧，很多描写是用电影镜头扫描式的发展。有些地方与其用作者的正面叙述，还不如用形象的、画面的东西显示。比方说《鹿鼎记》里面，神龙教里有一个姓陆的，叫陆什么，我忘记了。他害怕，因为他谎报了军情，他怕教主察觉，他害怕得不得了，怕丢了性命，他手里提着笔就忍不住发抖，这一支笔就掉到了地上。这一个动作是一种视觉形象的东西，就显示了人物内心慌乱、惊慌失措到了什么程度。这比与其作者交代，说他多么多么慌乱有力得多。从技巧上面来说，就高明得多。金庸确实是学了很多方面的长处。

如果说古龙的小说、梁羽生的小说，他在某些方面、某一方面有很大长处，比方说古龙在运用现代心理学，写一些变态人物，这个也有很大的长处。但是金庸的成就要全面得多。梁羽生运用古诗词这方面很严肃。金庸开头不怎么写，但后来他越来越成熟起来，拟写一些古诗词，也比较成功。所以，金庸的成就在武侠小说里面，他称得上是一个全能冠军。这并不是夸张，不是有意地对金庸有些吹捧。当然金庸也有自己的弱点，这个都会有的。

学生提问：

金庸的小说很吸引读者，读者很希望甚至很多时候希望成为小说里那样的人物。但是有一点让我觉得很无奈，就是小说里的主人公很多时候他所获得的那些成就，基本上是一夜之间就能获得的。比如郭靖练了那么多年的武功，没什么成效。但是他认识了洪七公，学了降龙十八掌，一下就变得很厉害了。严教授怎么理解金庸小说对年轻人发展的导向作用？

严家炎：

我看金庸小说作品，实际上跟你的印象有点出入。这个降龙十八掌，郭靖也不是一夜之间学成的。按照作品描写的话，是花了很多很多功夫，练得很苦的。其实做成任何事情，都是要有这样一个艰苦的过程。

金庸小说相对令人信服的地方，恰恰是写出了主人公的成长过程，他不是一夜之间轻易获得的。我觉得如果仔细读的话，一方面对金庸小说的这种情节，你不必太认真地计较，它本身就是娱乐，武侠小说情节是荒诞的。但是另一方面，它的逻辑还是存在的，就是人要成长，有他自己的逻辑，这个逻辑就是要下艰苦的功夫。从这个意义上说，对我们年轻人，我想不至于产生不好的影响。

武侠小说其实给人最重要的影响是让人有正义感，呼唤起人的一腔热血，让人血脉偾张，产生的是这样一种效果，不是让人等待什么侠客的拯救。

好多批判武侠小说的人，都认为武侠小说是鸦片烟。看武侠小说看多了之后，自己就不知道、不懂得依靠自己的奋斗，（而是）等待别人来拯救自己。我认为这是一种极大的误解。不知道你们这里，比方说看武侠小说看得多的，哪一位会得出这种结论——要等待侠客来拯救。你考试考不上来的时候，等待一个侠客来帮你代考，会这样子吗？这种批判方式有点荒唐。他是不读武侠小说的，因为（武侠小说是）鸦片烟嘛，我干嘛去读它呢。实际上他就把自己就变成了个瞎子。那么他想象群众都是傻瓜、傻子，要靠他这个瞎子来引路，这都太简单化了。

我看金庸小说

——在中国传媒大学的讲演

主持人开场白：

各位老师同学下午好，我们的讲座现在开始。今天非常荣幸地邀请到著名学者、北京大学中文系教授、博士生导师严家炎先生为大家作讲座。今天他讲座的题目是《我看金庸小说》。

如果有人问：谁是读者最多的当代作家？答案可能很多，但一定会有许多人把票投给通俗小说，投给金庸。"飞雪连天射白鹿，笑书神侠倚碧鸳"，金庸的小说雅俗共赏，令无数人如痴如醉。上至达官显贵，下至贩夫走卒，从大学教授到中小学生，可以说是亿万人的阅读实践，把金庸的名字铭刻在了中国文学史上。

被誉为"中国现代文学掌门人"的严家炎先生曾多次接触过金庸，在严家炎先生的促成下，北京大学授予金庸"名誉教授"称号。[①] 早在 1995 年，严先生就率先在北大开设了"金庸小说研究"的课程；1999 年 1 月又出版了《金庸小说论稿》。严先生曾经这样评价金庸的作品：

"金庸的艺术实践使近代武侠小说第一次进入文学的宫殿。这是另一场文学革命，是一场静悄悄地进行着的革命，金庸小说作为 20 世纪中华文化的一个奇迹，自当成为文学史上光彩的篇章。"

今天下午，严先生将引领我们走近金庸，走近金庸笔下绮丽梦幻的武侠世界，带我们去解读成人童话中的正邪善恶、爱恨情仇，解读金庸作品倾倒全球华人的魅力所在。下面我们就用热烈的掌声欢迎严家炎先生为大家做讲座。

严家炎：

谢谢主持人。同学们好，很高兴走进中国传媒大学的讲堂。

今天我和大家谈谈金庸小说，有关金庸小说的种种现象确实是值得人们注意与玩味的。

金庸从 1957 年在《香港商报》连载《射雕英雄传》开始，就引起了社会相当热烈的反响。香港作家倪匡先生评论说：

---

① 严注：实际上，首先倡议授予金庸北大名誉教授称号的是法律系肖蔚云教授。他在担任香港基本法起草委员期间，深深了解查良镛先生所做的重大贡献，因而此议得到北大校领导支持，并在申报后得到国务院的批准。

《射雕英雄传》奠定了金庸武侠小说'巨匠'的地位，人们不再怀疑金庸能否写出大作品来。"连载过程中，人们争相传读，谈论郭靖、黄蓉如何如何。台湾学者夏济安很看好武侠小说，自己就想写，但读到《射雕英雄传》后，写信给人说："真命天子已经出现，我只好到扶余国去了。"那个时候在香港，可以说就兴起了"金庸热"，整整半个世纪下来，金庸作品影响的范围居然越来越广，从香港扩展到东南亚，又从东南亚扩展到台湾和海外，19世纪80年代又进入大陆。文学作品的热度，一般能保持两三年就不错，而金庸小说能五十年长盛不衰，并且覆盖的地区越发宽广，这非常不容易。尤其值得注意的是，金庸小说的读者文化跨度还非常大。不但广大市民、青年学生和有点文化的农民喜欢读，而且连许多文化程度很高的专业人员、政府官员、大学教授、科学院士都爱读。像数学大师华罗庚、陈省身，诺贝尔物理学奖获得者杨振宁、李政道，我熟识的中国科学院院士黄崑、甘子钊、王选等，都是"金庸迷"。连一些专门研究中国文学和世界文学的专家教授，应该说他们有很高的文学鉴赏眼光和专业知识水准，可恰恰是他们，也都给予金庸小说很高评价。——像美国著名的华人学者陈世骧、夏志清、余英时、李欧梵、刘绍铭，像中国著名的文学研究家程千帆、冯其庸、章培恒、刘再复等，都很有兴趣去读金庸小说。冯其庸说他自己读得废寝忘食，通宵达旦，而且评价非常高。冯其庸先生在二十多年前的中国改革开放初期就写了一篇题目叫作《读金庸的小说》的文章，发表在丁玲主编的《中国》

杂志上。中国作家协会副主席冯牧生前表示很愿意像对待古典名著《三国演义》《水浒传》等一样，来参加金庸小说的点评。可见，人们对金庸小说，真是达到了雅俗共赏的程度。我还要补充一点，那就是读者对金庸小说的欣赏，甚至是超越政治思想的分野的。中国改革开放的总设计师邓小平先生，可能是大陆上最早接触金庸小说的读者。据他夫人卓琳女士说，邓小平同志在 20 世纪 70 年代后期自江西返回北京，就托人从香港买到一套金庸小说，很喜欢读。1981 年 7 月 18 日上午，邓小平接见金庸时，第一句话就是："你的小说我是读了的。"而据台湾新闻界人士透露：蒋经国先生生前也很爱读金庸作品，他的床头也经常放着一套金庸小说。这样一种完全超越了政治分歧的阅读现象，难道不值得人们思考和研究吗？

为什么金庸小说能有这样神奇的效果呢？下面，我就说说自己对金庸小说的看法。

第一点，金庸小说是有思想的娱乐品。

武侠小说是娱乐消遣性的，是通俗文学，这方面我想毫无疑义，大家都是这么看的。但是金庸小说不是一般的通俗小说，不是一般的娱乐品，而是一种有思想的娱乐品。金庸自己就说过这样的话，他说："武侠小说本身是娱乐性的东西，但是我希望它多少有一点人生哲理或个人的思想，通过小说可以表现一些自己对社会的看法。"也就是说，他写这些作品既娱乐自己也娱乐大家，也想借此来表达一些看法——对社会、对人生问题的看法，可见他是自觉地追求作品的思想性的。

金庸的小说，几乎每一种都有不同程度的比较深刻的思想。不但走向成熟时期的作品是这样，就连《书剑恩仇录》这部利用民间传说写成的处女作也有一些不平凡的思想闪光。试想：即使乾隆真的是汉族官员陈家的孩子，刚出生时被调换了的话，陈家洛要想劝他的同胞哥哥"认祖归宗"回到汉族立场上来反清可能吗？也是不可能的。乾隆的皇帝地位，他的种种利害关系，都决定了陈家洛的天真幻想最终只能是个悲剧。金庸不是阶级论者，但对历史的了解和深刻观察使他相当成功地写出了陈家洛的悲剧。稍后的金庸作品里的思想，当然更有深度。比方说，像《射雕英雄传》，不但塑造了郭靖这个"为国为民"的大侠形象，而且通过临近结尾时郭靖和老年成吉思汗的一番争论，探讨了什么样的人才算真正的英雄。成吉思汗回顾自己的一生，志得意满，觉得自己东征西讨，建立的国家大到无与伦比，古今英雄没有谁能够比得上他。郭靖却不同意，他说："自来英雄而为当世钦仰、后人追慕，必是为民造福、爱护百姓之人。"杀的人多未必算是英雄。这个看法就富有历史和现实的深度，把《射雕英雄传》的思想向上提升了一步。《连城诀》这个作品可能不大受人注意，却也有着相当深刻的思想，它写出了贪欲可以让人丧心病狂到何等可怕的地步，把师徒、父女等人伦关系全部破坏干净，令人震撼。它的深刻性几乎不亚于巴尔扎克的《高老头》。时间不容许我们一部一部讨论金庸的作品，这里我想比较多一点来讨论一下《笑傲江湖》。这是金庸在大陆"文革"夺权斗争热火朝天的时期所写的作品。它用武侠小说特有的那种夸张、荒诞的情节和江湖门派的套路，揭示了不同类型的野心家们怎样利用各种堂而皇之的名目挑起一场场血腥斗争，无非是要扩充自己的权力。这些人简直无缝不钻。华山派内部有剑宗和气宗两宗，他们信奉的本来是同样的经典，都认为练剑和练气要结合，只是在解释经典的内容上稍有点不一样：剑宗以讲究剑术为主，气宗主张以内气、内功为主；但在宗派情绪和野心家挑动下，两边都认为自己才是正宗，和对方的分歧是原则性的分歧，必须要捍卫经典的纯洁性，于是两宗之间就互不相容、互相仇杀，死了很多人。华山派的掌门人岳不群是气宗的，他绝对不容许自己的徒弟再和剑宗的一些残余人物（像风清扬）接触。令狐冲对自己的师父岳不群是忠心耿耿的，简直把师父师娘当作自己的亲生父母来对待。但是，他在山洞里面壁思过时发现风清扬也是华山派的，不过属于剑宗这一支而已。他结识了风清扬，在剑术上得到了风清扬的指点。他的师父岳不群知道以后大发雷霆，在江湖上发表通告，用"交接魔道"这样的罪名把令狐冲逐出华山派。随着小说情节的深入发展，后来终于显露出所谓"君子剑"岳不群本身就是一个隐藏得最深、也是最大的野心家。他是个极其阴险的真正的伪君子。小说的这些描述，很能发人深思。

作家王蒙平时并不喜欢读武侠小说，但是一个偶然的机会，他读到金庸的《笑傲江湖》。读了以后，他在一篇短文里说，他流眼泪了。他说："如果半个月前有人说王蒙读了金庸的小说会流眼泪，那他会觉得很可笑。可是最近读了，确实流泪了。"王蒙的一个好朋友，当过中宣部副部长、中央党校副校长的龚育之先生，写了一篇文章说："王蒙为何流泪？带着这个好奇心，我在一个假期一口气读完了四卷《笑傲江湖》。我觉得多少懂得了一点王蒙流泪的缘由。当真心实意把师父师娘当作亲生父母，真心实意忠诚于师父掌门的剑派的令狐冲，竟被师父以'交接魔道'的罪名，通告江湖，逐出派门，永不相认的时候，金庸关于令狐冲此时椎心泣血的痛楚的描写，怎能不使写了《布礼》的王蒙落泪！"

使王蒙深为感叹的，还有小说里所写的刘正风"金盆洗手"之艰难。刘正风要退出衡山派，退出江湖，这个事情本来不触犯谁的利益，衡山派也没有人反对，然而嵩山派却站出来干预，据说因为他们同属于所谓"名门正派"的五岳剑派，好像就有这个权力似的。嵩山派硬给刘正风扣上一个"勾结魔教长老曲洋"的罪名（其实刘正风和曲洋只是音乐上的知音和朋友），杀了刘正风的全家老小。刘正风受伤后单身外逃，还是遭到杀害。嵩山派还杀了曲洋和他的十二三岁的孙女。嵩山派这样专横残暴地干预衡山派的内务，是要在"五岳剑派"面前显示威风，为日后采取"五岳并派"的行动做准备，给其他四派一点颜色看，加大对其他四派的压力。嵩山派的掌门人左冷禅野心大得很，他要称霸江湖，而其第一步，就是要把五岳剑派统一成一个大派，由他个人执掌，谁反对，就把谁除掉。《笑傲江湖》深刻地写出了这些野心家为了一步步扩大夺权，怎样到了疯狂的程度。五岳剑派号称"名门正派"，然而像嵩山派的所作所为，正像令狐冲指出的那样："跟邪魔歪道又有什么分别？"北岳恒山派的掌门人定逸师太吃尽了嵩山派一再化装偷袭的苦头之后，也对令狐冲说："像嵩山派这样狼子野心，却比魔教更加不如了，正教中人，就一定比魔教好些吗？"小说通过具体情节告诉读者：是与非、正义和邪恶，不能只按表面的名分来划分，事实上侠义道和魔教两方面都有正派的人，也都有恶势力。张三丰说得好："这'正邪'二字原本难分，正派弟子若是心术不正，便是邪徒，邪派中人只要一心向善，便是正人君子。"也许金庸对中国近百年来的历史状况实在感受太深，所以他在小说里一再写到武林中层出不穷的门派斗争。这些复杂的斗争里边也有能够代表作者理想的，那就是像张无忌和任盈盈那样的。《倚天屠龙记》里的张无忌，出任明教教主以后，协调各派，把内部团结起来，也把外部原来有些矛盾的少林、武当等各派都联合起来，最后把元朝的残暴统治推翻掉，自己却没有什么野心。《笑傲江湖》里的任盈盈继任了日月神教的教主以后，跟正教的各派握手言和，化干戈为玉帛，无疑也代表了作者的理想。这些小说里的思想，实际上可以说包含了中国人民近百年来在各派纷争中吃尽苦头，付出了血的代价以后得来的一些教训。

金庸小说不但避免抽象地谈论武林人物的正和邪，同时也避免悬空地讨论人性的好和坏。金庸认为地位的不同完全可以使人的思想发生变化。在《笑傲江湖》里，金庸通过场面和情节自然地显示出，权力对人有腐蚀作用。好人一旦走上当权的重要位置，也有可能走向腐化。任我行这个日月神教原任教主，当他刚从地牢里关了十几年跑出来的时候，对东方不败搞个人迷信的一套非常生气。他手下的一个官员上官云，一见他的面就习惯地说："属下上官云参见教主，教主千秋万载，一统江湖。"把他像东方不败那样地吹捧，这时任我行很反感，当下挖苦说："什么千秋万载，一统江湖，当我是秦始皇吗？"又说："千秋万载，一统江湖，想得倒挺美！又不是神仙，哪里有千秋万载的事儿？"甚至于心里边暗暗地想，人们都说上官云是个很正直，武功也很高强的人，怎么一开口都是拍马屁的话呢？他不高兴。然后他就当面对上官云说："上官兄弟，咱们之间，今后这一套全都免了。"也就是告诉上官云，你不要用对待东方不败这个篡位的教主那一套办法来对待我。可见当初的任我行头脑是很清醒的。但是，当他在别人帮助之下杀了东方不败，真的重新当上教主以后，又觉得东方不败定下的这套规矩挺有意思，足以维护教主的尊严，也就沿袭下去，不再废止了。而且越到后来变得野心越大，想要把江湖上各个门派都统一起来，都吞并掉。无怪乎连令狐冲这样救过任我行生命的人，远远望着教主的座位，心里也在想：坐在教主位置上的是任我行还是东方不败，有什么区别？任我行的女儿任盈盈也对令狐冲说："爹爹重上黑木崖，他整个性子很快就变了。"可见，人确实是会变化的。金庸在好几部小说里提出来的"权力产生腐败"的问题，实在非常尖锐，也非常深刻。他实际上已经把必须建立监督制度来防范领导者腐化这样的问题点出来了。

我想再举《笑傲江湖》里的一段描写,作为金庸小说富有独立思考、独立批判精神的一个例子。那就是东方不败被杀、任我行恢复了教主地位以后,日月神教的骨干们当着现任教主的面纷纷揭发批判东方不败的罪行,表示向现任教主效忠。有的说东方不败"武功低微,全仗装腔作势吓人,其实没半分真本领",有的说"东方不败荒淫好色,强抢民女,淫辱教众妻女,生下私生子无数",如此这般。金庸写这些所谓的"批判"也是意味深长的。事实上,当初东方不败是被任我行、向问天、令狐冲三个高手合力杀死的。三个高手跟他一个人斗,东方不败还能从容地发射暗器,伤到这三个人。只是在任盈盈跑去伤了东方不败的一个男宠(东方不败是同性恋)杨莲亭的时候,杨莲亭叫了一声,结果使东方不败分神了,才中了别人的剑。这叫作"没有半点本领"吗?这种批判就是胡来的,反正东方不败死了,怎么说都可以。至于说东方不败淫乱、奸污了许多教众妻女,这种事情可能发生吗?他练的是《葵花宝典》这种太监才练的武功,是丧失性功能的,说他生下了多少私生子,岂不都是胡乱批吗?

值得注意的是,金庸这些批判"文革"的文字不是出现在"文革"结束,中共中央作出否定这场动乱的决议之后,而是写在1967年到1970年"文革"正在进行,林彪、"四人帮"的气焰如日中天的时候。这就更能显示这些批判的可贵价值。

当时的金庸，白天写报纸的社评、政论，夜晚写小说，健笔一支两头用，都在反对"文革"。不过金庸始终还是说自己该说的话。他在社评、政论中预言林彪将来是要垮台的，他还预言江青在毛泽东去世后会被抓起来的，这些后来都被证实了。足见他对中国国情有着真正深刻的了解和惊人的预见性。

第二点，金庸小说虽然描写古代的题材，却渗透着现代的精神。

传统武侠小说诞生在漫长的中国封建社会中，它们在弘扬侠义精神的同时，也留下了诸如嫉仇嗜杀、热衷仕途、汉族本位、迷信果报乃至奴才意识之类特殊的印记。金庸作品则对此类思想观念实行了一系列的变革。旧式武侠小说的一个普遍观念是"快意恩仇"。为了"报仇"，而且要"快意"，杀人就不算一回事。《水浒传》里的武松为了报仇，血溅鸳鸯楼，杀张都监一家老小十余口，连儿童、马夫、丫鬟、厨师也不能幸免。金庸小说却从根本上批评和否定了"快意恩仇""任性杀戮"这种观念。《射雕英雄传》里的郭靖，怀着家仇国恨对完颜洪烈实现了复仇，后来却引出一场思想危机：他一想到"复仇"二字，花剌子模屠城的惨状立即涌上心头。他自己想父亲的仇虽然报了，却害死了这许多无辜百姓，心下如何能安？看来这报仇之事，未必就是对了。郭靖甚至一度对学武产生怀疑。《神雕侠侣》中的杨过，要为父亲杨康报仇，曾经死死盯住了郭靖和黄蓉，后来他知道了父亲的为人和死因，惭愧得无地自容，彻底放弃了复仇的念头。《雪山飞狐》通过苗若兰之口，道出其父苗人凤宁可自己遭害，也决心制止胡、苗、范、田四姓子孙冤冤相报的做法，这一情节感人至深。金庸并不反对处死那些作恶多端的人，却反对睚眦必报和滥杀无辜，这就是现代人的思想。金庸小说中的侠士，无论是郭靖、杨过、张无忌、狄云，还是周伯通、乔峰、令狐冲，都是性情中人，和旧式侠客替官僚当保镖大不相同。他们行侠仗义，天真率性，爽朗热诚，全无顾忌，自己的生命可以牺牲，却绝不做封建官府的鹰犬。旧式武侠小说那些正面人物，总是热衷仕途，以行侠求封荫；金庸笔下的侠士则彻底抛弃了"威福、子女、玉帛"那套封建性价值观念，渗透着个性解放与人格独立的精神。这些人每位都是一棵独立的大树，而不是依附于他物的藤萝。他们我行我素，不但反抗官府的黑暗腐败，而且反抗几千年来形成的不合理的礼法习俗，追求自由自在、合于天性的生活。令狐冲说"人生在世，会当畅情适意，连酒也不能喝，女人也不能想，人家欺到头上还不能还手，还做什么人？不如及早死了，来得爽快"，这正是个性主义精神的体现。金庸笔下的侠士爱情，也已抛开一切社会经济利害的因素，成为一种脱俗的、纯情的，也是理想的性爱。郭靖完全不考虑华筝的公主地位而决心与黄蓉结合。赵敏为了张无忌毅然抛开了郡主的家门。胡一刀选择妻子时，置大笔财富于不顾，他说："世上最宝贵之物，乃是两心相悦的真正情爱，绝非价值连城的宝藏。"可见，金庸的武侠小说在人生观、价值观上和"五四"新文学是异曲同工、殊途同归的。金庸在个人和个人的关系上面主张尊重个性，保持独立的人格；但在个人和社会的关系上，他又主张要为多数民众的利益着想。金庸赞美乔峰、郭靖"以天下为己任"的人生态度，提出"为国为民，侠之大者""为民造福，爱护百姓"的思想，强调侠士对国家、社会应负的责任，这正代表了现代意识的两个重要方面。人总是既要承担一定的社会责任，同时又要保持独立的个体人格，两方面不可偏废。如果像古代中国有些思想家那样，只肯定群体的利益或者王权的利益，过分地抑制甚至于看不到、忽略个体的利益，牺牲人的个性，那么社会就会死气沉沉，令人窒息，造成许多悲剧。可是如果像西方近代有些人那样只讲个性自由，以至于自我膨胀，人欲横流，社会的公众利益受到侵害，社会也会发生种种问题。只有将个性自由和社会责任两者兼顾，才能真正使人类社会有一种健全的意识，这也正是金庸所要表达的一种现代精神。

再有，传统武侠小说在处理汉族与少数民族关系上，往往表现出汉族本位的狭隘观念。民国时期的武侠小说，写了很多"反清复明"的故事，作者站在汉族立场上，反对满族统治，书中侠士代表正义方面，而"鞑子"皇帝不论是明君还是昏君，一概为奸邪。这种民族关系上的简单观念，既与当时的反清革命思潮有关，也是儒家传统思想具有某种狭隘封闭性的反映。儒家历来讲究"夷夏之辨"，尊夏贬夷，认为"非我族类，其心必异"；主张"用夏变夷"，截然反对"变于夷"，拒绝学习其他民族的长处。旧式武侠小说也深受这种传统观念的影响。

金庸最早的《书剑恩仇录》采用汉族一个民间传说为素材，或许还潜在地留有这类痕迹。但稍后的小说，随着作者历史视野越来越宽广，思想、艺术越来越成熟，也就越发突破汉族本位的狭隘观念，肯定中华许多兄弟民族在历史发展中各自的地位和作用，赞美汉族和少数民族相互平等、和睦相处、互助共荣的思想，而把各民族间曾有过的征战、掠夺、蹂躏视为历史上不幸的一页。金庸笔下的第一英雄乔峰（萧峰）是契丹人，第一美女香香公主喀斯丽是回族人，而第一明君康熙皇帝又是满族人，这些看似偶然的、有趣的巧合，其实在偶然中又透露着必然，它证明了金庸是武侠小说中第一位以平等友善的态度来描写少数民族的作家。尤其是乔峰这样一位因反对辽宋征战而在契丹皇帝面前当场自杀以示抗议的英雄形象的塑造，应该说是对传统武侠小说所具有的民族偏见的重大突破，在中国文学史上也有着很大的意义。即使暂时不谈金庸小说的独立批判精神，单从这些方面看，金庸确实对武侠小说的根本精神进行了很大的革新。

有的学者却提出，金庸武侠小说中汉族与少数民族平等的思想具有"殖民主义"的背景，适应港英殖民主义者的要求和利益。据说他们从《鹿鼎记》"瞥见隐匿在清廷里面的港英殖民者的影子"，"既然鞑子皇帝比汉人更懂得勤政爱民，有什么理由要把他推翻？此便与20世纪60年代、70年代初（正值《鹿鼎记》写作时期）香港经济起飞、教育日渐普及……港英大力推行社会福利，使香港迈入了现代时期，从而培养出香港人对港英的归属感等诸般情况，有着隐约的呼应的关系"，因此认为"金庸小说的这一'突破'其实只是殖民教化的合乎逻辑的结果"。在我看来，这是有点想入非非，我必须在这里多说几句。汉族和满族的关系是中国的国内问题，这和中国同外国殖民者的关系完全是两回事，绝对扯不到一起。从新中国成立前后起，政协共同纲领和宪法都规定：国内各民族一律平等。20世纪50年代初，周恩来总理在多次讲话中就提出：今后讲到"清朝"时不要再用"满清"这个词，因为其中包含着民族歧视。1957年8月4日，尽管反右派斗争已进行了两个月，周恩来总理在民族工作座谈会上的讲话《关于我国民族政策的几个问题》中，依然强调要反对"大汉族主义"和"地方民族主义"两种倾向，而且指出，特别要注意反对"大汉族主义"。周恩来总理还高度肯定了满族和清朝在中国历史上的巨大作用，他说："满族建立的清朝政权，统治了中国近三百年。清朝以前，不管是汉、唐、宋、明各朝，都没有清朝那样统一，清朝起了统一的作用。另一点是清朝时期繁荣了人口，中国人口的增长在清朝是相当大的，这是它有功的一面。"这就是说，不但在现实生活中要贯彻民族平等政策，而且在研究和思考历史问题的时候，也要从中华民族整体利益出发，贯彻民族平等和对少数民族一视同仁的精神。正因为这样，中国历史学界在20世纪50年代到60年代初，就发表了一批肯定少数民族杰出领袖人物作用的学术论文，如琰生的《试论完颜阿骨打（金太祖）》，刘大年的《论康熙》等，其中《论康熙》

一文尤其因新颖、深刻、中肯、独到而引起了国内外学术界的极大注意。金庸作为 20 世纪 50 年代初就想进入外交部工作的爱国知识分子，对祖国各方面的动态，包括文化学术上的进展都十分关心，他不可能不知道历史学在评价少数民族杰出人物方面的这种变化，何况这种变化正符合金庸自己的思考。我们注意到，从 20 世纪 50 年代末期起，金庸在一系列作品中（而不只是一部《鹿鼎记》）都用客观平等的态度写到了少数民族，如《碧血剑》《倚天屠龙记》《天龙八部》等，这些与港英当局的殖民教化可谓风马牛不相及。金庸在 20 世纪 60 年代中期反对"文革"，批判内地及香港的极左思潮，这恰恰是他爱国爱民、对祖国前途命运无比关切的表现，也同周恩来总理在香港问题上清醒、沉稳的外交路线与方针在根本上是一致的。香港不搞"文革"，香港只能在适当的时候有秩序地收回，这是中国政府的一贯方针。金庸是向来拥护这一方针的。今天，当香港已顺利回归，金庸在香港基本法制定中的爱国立场和卓越的贡献也已得到人们的充分认识和肯定时，回头来看金庸小说在描绘国内民族关系上的功绩，难道还有什么可以怀疑的吗?

第三点，金庸改革了武侠小说的创作方法，从浪漫主义走向象征寓意。

金庸不但在早年用超拔的想象力创作了许多浪漫主义的武侠小说如《书剑恩仇录》《碧血剑》《射雕英雄传》《雪山飞狐》等，中期以后，还用象征寓意的方法写了一些内涵更加深沉、意蕴更加丰富的作品，包括《连城诀》《侠客行》《天龙八部》

《笑傲江湖》等。

传统武侠小说一般是浪漫主义的，很少有人用非浪漫主义方法去写。鲁迅用表现主义方法去写传说中的武侠故事《铸剑》，这是很特殊的例子，是重大的发展。金庸从《神雕侠侣》起，创作方法开始发生变化，那就是增添了不少象征寓意的成分。绝情谷里的情花，含有深长的意味。这种花看上去雪白芬芳，娇艳美丽，可枝头有密密的毒刺，人一旦被它刺到，此后再动情就痛楚不堪，重则毒发身亡。情花的果实大多不好看，偶尔有好看的，味道却又苦又涩；有的极难看的果子入口却极好吃，但又不是怪的就一定好吃，只有尝过以后才知道。这样的情花，难道不正是爱情自身的象征吗？《神雕侠侣》里的爱情，就非常多样而又多味。主人公杨过与小龙女至死不渝、终身相守是一种。绝情谷主与妻子都很自私狠毒、相互加害对方又是一种。李莫愁因不能与陆展元结合而以极端的疯狂和残忍表现出来的痴情又是一种。"问世间，情为何物，直教人生死相许！"金人元好问的一曲《迈陂塘》，提示着《神雕侠侣》简直是一部包含了许多"象外之意"的爱情哲理书。

紧接着的《倚天屠龙记》，以一剑一刀命名，这也是有所寓意的。按书中灭绝师太的说法，在抗元将败的最后日子里，黄蓉、郭靖两人特意铸刀铸剑，内藏兵法和武功的精要。"屠龙刀中藏的乃是兵法，此刀名为屠龙，意为日后有人得到刀中兵法，当可驱逐鞑子，杀了鞑子皇帝。倚天剑中藏的则是武侠秘籍……盼望后人习得剑中武功，替天行道，为民除害。"也就是说，屠龙刀象征着推翻元朝暴政和建立新的权威；但如果这新的权威并不为老百姓造福，反而蹂躏百姓，那么倚天剑就会出来替天行道，为民除害，倚天的"天"指的是百姓。这就是读者熟悉的"武林至尊，宝刀屠龙，号令天下，莫敢不从。倚天不出，谁与争锋？"六句话所包含的深意，同时也就是以张无忌为主人公的《倚天屠龙记》一书的主题。

《侠客行》的寓意也相当深刻。小说通过不识字的石破天居然能破译石壁上那首诗所包藏的绝顶武功，给人丰富的启示。它的矛头指向包括传统经学在内的各种教条主义、烦琐哲学、经院气的解读模式。汉代开始的经学，虽然不是一点贡献也没有，但牵强附会地寻找微言大义，大篇考证而不得要领，抓住细枝末节却忘记事情的根本方面，这种迂阔固执的书呆子态度，无论如何总是不可取的。李白有《嘲鲁儒》的诗："鲁叟谈五经，白发死章句。问以经济策，茫如坠烟雾。"这是传统经学误国误民的生动写照。金庸小说通过石破天参悟武功过程的合理描写，以现代人的态度，点出了传统经学教条主义烦琐解读的根本弱点，其意义又远远超出了批判经学本身。金庸在《侠客行》1977年版《后记》中说："各种牵强附会的注释，往往会损害原作者的本意，反而造成严重障碍。《侠客行》写于十二年前，于此意有所发挥。近年多读佛经，于此更深有所感。"

象征寓意性作品写得最成功的当然应数《笑傲江湖》。小说通过江湖上五岳剑派与魔教的较量以及五岳剑派内部的争夺，象征性地概括了中国历史上的权力斗争，其中也包括了"文革"这样的斗争，寓意更为深刻。它表面上看是一部武侠小说，其实却又是一部长篇的寓言小说。金庸自己在这部小说的《后记》中说："我写武侠小说是想写人性，就像大多数小说一样。写《笑傲江湖》那几年，'文化大革命'夺权斗争正进行得如火如荼，当权派和造反派为了争权夺利，无所不用其极，人性的卑污集中地显现。我每天为《明报》写社评，对政治中的龌龊行径的强烈反感，自然而然反映在每天撰写一段的武侠小说之中。这部小说并非有意影射'文革'，而是通过书中的一些人物，企图刻画中国三千多年来政治生活中的若干普遍现象。影射性的小说并无多大意义，政治情况很快就会改变，只有刻画人性，才有较长期的价值。不顾一切地夺取权力，是古今中外政治生活的基本情况，过去几千年是这样，今后几千年恐怕仍会是这样。"这部象征寓意的小说在写人性的真实与深刻方面，远远超过一般的写实主义作品，达到了令人震撼的程度。故事并没有点明发生在什么朝代，这恰恰更增强了他所概括的政治生活的深广度，诚如金庸所言："这表示，类似的情景可以发生在任何朝代。"因而更令人震悚不已。这种感觉，在我个人的阅读经验上，似乎只有读卡夫卡作品方可比拟。

总之，金庸在武侠小说创作方法上所做的这种革新具有重大的意义，不仅大大丰富了武侠小说的表现手段，更使作品于武林世界之外展示出多层次的思想意蕴，从而极大地扩充了这类小说的艺术容量。

第四点，金庸小说还包含传统文化的丰富底蕴和中华民族的深刻精神，体现了过去武侠小说从未有过的相当高的文化品位。

金庸的武侠小说虽然产生在香港商业化环境中，却没有旧式武侠小说那种低级趣味和粗俗气息。金庸武侠小说以写出"见义勇为"的"义"为核心，寓文化于技击，借武技较量显示中华文化的内在精神，又借传统文化学理来阐释武功修养乃至人生哲理，做到互为启发，相得益彰。这里涉及儒、道、墨、释、诸子百家，涉及千百年来中华民族众多的文史科技典籍，涉及传统文学艺术的各个门类，比如诗、词、曲、赋、绘画、音乐、书法、棋艺等。作者调动自己在这些方面的已有学养，使武侠小说上升到一个很高的文化层次。从金庸小说，我们可以窥见墨家见义勇为的游侠精神、儒家的仁爱与民本思想，还可以感受到道家的深邃博大、无处不在的辩证方法。单就文学本身而言，我们读金庸小说，也常常会联想到《庄子》那种瑰丽恣肆的神奇想象、寓意深沉的哲理色彩、飞扬灵动的文学语言。它们都证明着金庸小说与传统文化之间的深刻联系。像陈世骧教授指出的《天龙八部》那种悲天悯人、博大崇高的格调，没有作者对佛教哲学的真正领会，是很难达到的。我们还从来不曾看到过有哪种通俗文学能像金庸小说那样蕴藏着如此丰富的传统文化内容，具有如此超拔的文化学术品位。金庸的武侠小说，某种意义上讲，又是文化小说；只有想象力极其丰富而同时文化学养又相当渊博的作家兼学者，才能创作出这样的小说。

金庸小说还广泛借鉴吸收了各种文学乃至戏剧和电影的长处，使武侠小说的艺术质量提高到一个新的水平。金庸不但继承了中国传统白话小说的叙事方式和叙述语言，而且借鉴吸收了西方近代文学和"五四"新文学的艺术经验。金庸从小既喜欢读《三国演义》《水浒传》《红楼梦》这类古典小说，也喜欢读法国大仲马的《三个火枪手》三部曲等西方小说，他还喜欢读"五四"新文学家鲁迅和沈从文的小说，这些作品都成为他广泛吸取的艺术营养和宝贵资源。在金庸笔下，没有了侠客们腾云驾雾或口吐一道白光取人首级于百里之外的描写，他的武侠小说被大大地生活化了。金庸重视小说情节，然而决不任意编造情节，他更看重的是人物性格，他相信"情节是性格的历史"，坚持从性格出发进行设计，因而他的小说情节显得曲折生动而又自然合理，既能"出人意外"又"在人意中"。《天龙八部》里，那个最没有称王称霸之心的段誉最后却做了皇帝，最没有男女之欲的虚竹和尚却做了快乐至极的西夏驸马，最吃尽民族矛盾之苦的萧峰却为平息辽宋干戈而杀身成仁，最想当皇帝的慕容复最后却想得发了疯，只能对着几个孩子在坟头上南面称孤。这些结果我们事先能料想到吗？可能一点都没有想到。然而仔细一想，它们都非常合乎情理。金庸小说又像我们的古典小说那样，很讲究艺术节奏的调匀和变化：一场使人不敢喘气的紧张厮杀之后，随即出现光风霁月、燕语呢喃的场面，让人心旷神怡。这种一张一弛、活泼多变的艺术节奏，给读者带来很大的艺术享受。最重要的是，金庸小说有意境，这是文学作品达到成功境界的一项根本性标志。美国华人教授陈世骧早就指出了这一点，他借用王国维的话来形容金庸作品："一言以蔽之曰，有意境而已。"陈教授还说："于意境，写情则沁人心脾，景则在人耳目，述事则如出其口。此语非泛泛，宜与其他任何小说比而验质，即传统名作非常见，而见于武侠中为尤难。武侠中情、景、述事必以离奇为本，能不使之滥易，而复能沁心在目，如出其口，非才远识博而意高超者不辨矣。艺术天才，在不断克服文类与材料之困难，金庸小说之大成，此予所以折服也。"（见陈世骧 1970 年 11 月 20 日致金庸信）应该说，这是一番极精彩的论述，完全符合金庸作品的实际。

金庸还常常用戏剧的方式去组织和建构小说内容，使某些小说场面获得舞台演出的效果。比如《射雕英雄传》郭靖在牛家村密室疗伤时，通过一个小孔看到外面一拨又一拨人来了又走的情景；《碧血剑》第十七回，写袁承志与焦宛儿两人躲藏在床底下听夏青青、何铁手、何红药三人谈话。这些写法既增强了情节的戏剧性，又促使小说结构趋于紧凑和严谨。其中最成功的是《天龙八部》临近末尾处发生在王夫人庄院中的场面，那真是冤家路窄，以段正淳和王妃刀白凤为中心的几组情敌和几组政敌都碰到了一起；而且段誉、段正淳一伙是被王夫人俘获，作为阶下囚出现的，他们与成为胜利者的对手们，同台演出了一场精彩的戏。被俘者之间固然矛盾重重，而所谓胜利者的王夫人、慕容复、段延庆三方也各怀鬼胎。加上段誉和南海鳄神的师徒关系，慕容复和几个比较正直的家将包不同、风波恶等的主从关系，段延庆与刀白凤二十年前的孽缘，段誉和王夫人女儿王语嫣的爱恋，种种复杂因素的制约和不同性格间的冲突，终于导致一个出人意外的结局：慕容复为逼迫段正淳同意传位给义父延庆太子以实现自己复国的野心，先后杀了段正淳的情妇阮星竹、秦红棉、甘宝宝，进而造成段正淳以及另一情妇王夫人、妃子刀白凤的痛苦殉情，段誉的身世也因之大白于天下，然而慕容复想夺大理国王位的狼子野心却也彻底暴露，连几员家将也唾弃了他。这个舞台上可以说好戏连场：既有王夫人主演的别出心裁的扫除情敌戏，也有段正淳夫妇连同王夫人自己上演的凄艳浪漫的相继殉情戏，还有慕容复演出的尚未登基先杀忠良的认贼作父戏，段誉蒙在鼓里却又不得不参与的生父仇人戏。读完金庸仿佛一口气写下的这四五十页文字，一些大出意料的事纷至沓来，读者的感受也如段誉一样，感到"霹雳一个接着一个，只……惊得目瞪口呆"。即使真是舞台剧，也不大容易像金庸小说这样写得戏剧矛盾如此集中、悲剧性又如此强烈的。至于金庸小说对大量电影技巧的运用（如《雪山飞狐》结尾处胡斐举刀这个动作就收到了电影"定格"的功效，以及电影长、短、特写镜头的组合和蒙太奇连接方法的运用等），则更是驾轻就熟。

金庸还学习、吸取了某些通俗文学（比如言情小说、历史

小说、侦探推理小说、滑稽小说）的长处。我们姑且不谈金庸
小说在写爱情方面的成功，单说金庸把自己的武侠故事常常安
进一个一个历史的框子里去，让真实的历史人物和虚拟人物同
台活动，那就是从历史小说得到的启发。金庸小说里边也有侦
探推理小说的成分。《射雕英雄传》里，是谁要杀害江南七怪？
除了瞎子柯镇恶一个人没有死以外，其他六人都被杀了。谁杀
的？这就是个谜。然后一层一层地来推理，最后在铁枪庙里把
事情的真相弄清楚了，也让躲在暗处偷听的柯镇恶消除了误
解。这就是侦探推理小说的写法。金庸小说里边还有许多滑稽
小说的成分。像《笑傲江湖》里的桃谷六仙，就是一些陪衬的
滑稽人物。小说故意写他们六兄弟的胡闹、调笑、装疯卖傻，
在情节已达到很紧张的时刻，把读者们带进另一种轻松的氛围
里，但这些人物又不是可有可无的，他们对故事的情节发展同
样起着推动作用。所以，金庸确实是创造性吸收了各类通俗小
说的长处，这使他成为通俗小说的集大成者。他在武侠小说中
的地位不是某个单项冠军，而真是全能冠军。

现场提问：

问题1：严先生，您好。曾经读过您弟子孔庆东评论金庸
小说的文章，其中提到"我们会在阅读的过程中，完全进入小
说的情境，将小说的不足之处忽略"。能否请您谈谈，在您看
来，金庸小说的不足之处？

回答：金庸小说当然有不足之处。它最初是在报纸上连载

的，通盘的构思很难考虑周到，常常会出现一些破绽和漏洞，牵强的地方并非绝对没有。但金庸的优点在于，小说在报纸上发表之后，整理成单行本的时候，他花了很多工夫来修改，比起其他的武侠小说，他的破绽会少得多，也成功得多。刚才的讲座主要谈金庸作品在武侠小说方面有哪些贡献，这并不意味着金庸是没有缺点的，不要产生这样的误会。

问题2：严教授，您认为王朔骂金庸骂得有道理吗？金庸小说的语言之于当代小说写作还有多大价值？

回答：金庸小说的语言从长久的方面来说，可能比我们新文学小说的语言更成熟、更洗练。金庸的小说不但吸收了"五四"新文学的长处，也吸收了中国传统白话小说的语言长处，还吸收了西方的一些小说，比如大仲马小说的长处，语言表现得很精密。王朔先生可能在开始读金庸作品时候太着急、太匆忙了一些，觉得语言上可能跟"五四"新文学的语言不大合拍，其实金庸的语言在多方面吸取营养之后是有他的长处的，王朔先生的这个看法可能有点片面性。

问题3：严先生，我发现金庸小说的男主角总是被很多漂亮女孩包围着，比如段誉、张无忌、乔峰等，金庸是否有一点"大男子主义"倾向？

回答：有这种可能性。金庸写的是想象当中的古代生活，而中国古代存在一夫多妻现象，他要尊重当时的历史状况。所以常常会出现许多女性包围着一个男性的英雄人物的现象，这里边可能有一种大男子主义的成分，或者说有这类思想烙印。但我们也要注意，金庸并不是一个"大男子主义者"或"大男子主义的鼓吹者"。有些小说里也写到了一位很漂亮的女性，被很多男性追求，围着她转，这种现象也是有的，所以不能把这方面的关系简单化。

问题 4：严先生，您最欣赏的金庸小说中的人物是谁？您最欣赏他（她）性格中的哪一点？

回答：我最喜欢的当然还是萧峰，我觉得这样的人物是应该给予崇高评价的。令狐冲我也喜欢，但是他最后"遁世隐居"，和任盈盈到世外桃源去过幸福生活，我尊重这种选择，但并不很欣赏。女性角色中，黄蓉和任盈盈都有很可爱的方面。黄蓉聪明伶俐，尽管有时爱捉弄人，但根本的性格还是非常善良的，同时还是贤妻良母。任盈盈按着她的经历来说，更年轻，把她和令狐冲放在一起是很合适的。

问题 5：金庸小说中的人物鲜有"高大全"的形象，英雄人物甚至有较常人都不如的地方，比如郭靖的驽钝、张无忌的优柔寡断，甚至杨过的断臂。有人认为这样的笔法似有刻意为之之嫌，特别是杨过的断臂，您是否认为"神雕大侠"的断臂有突兀牵强之感？

回答：这位同学问题的前半部分是对的，金庸笔下的英雄人物确实不是"高大全"的形象，有他们的弱点，这一点是金庸看得很清楚的，有意识地写的。特别是郭靖，有人说，是不是郭靖的性格里面有一点金庸自己的东西？这倒不一定，金庸口才不算很好，但他才思敏捷。郭靖虽然笨拙，但他的可贵之处也在这里，"人一己十"，别人花一分功夫的地方，他愿意花十分功夫，正因为如此，他取得了别人难以取得的成就，这种性格是很了不起、很可贵的。

杨过断臂，还是符合金庸设想的情理的，作者设想的情节如果跟人物的情境和性格并不相违背，那应该允许。郭芙是刁蛮任性、不可理喻的女子。就杨过断臂这个情节而言，是有助于表现杨过和小龙女之间终生相守的爱情的，十六年分离，拖着残缺不全的身体等着一个美梦，断臂的情节更好地衬托出杨过悲苦的命运，与书中"黯然销魂"的意境是契合的，对最后团圆结局的气氛烘托也是很有裨益的。所以，杨过断臂的情节虽在意料之外但也在情理之中，对人物性格的刻画也是很有帮助的，并不能算突兀。

问题6：严先生，您好。在读金庸先生的作品时，体会到金庸先生不同时期的作品体现出不同的宗教思想，开始是道教思想，后来的《天龙八部》中体现出佛教的思想，您怎样看待金庸先生在作品中兼收并蓄不同的宗教思想？

回答：金庸先生最初并不信什么教的，后来读了佛经，注意的仍是佛教中的哲学，佛教的哲理他思考了很多，这跟他现实生活中的经历和遭遇有关系，他的长子在国外自杀以后，金庸先生很难过，悲痛的情绪促使他更多地思考。他作品中涉及的更多还是哲学层面的东西，而不是真正的宗教信仰，这是我个人的看法。

主持人结束语：

在金庸的武侠世界里感受北大精神，感受人文关怀，感受学者气质，感受大师风范。感谢严家炎先生的精彩讲座，您的讲座让我们对金庸作品有了更深刻的认识，让我们的阅读经验得到了升华。严先生严谨、认真、执着、求实的治学精神，让我们景仰，让我们感动，值得我们永远学习。再次感谢严老师！

今晚是平安夜，有一份小礼物送给严先生，代表所有老师同学祝愿严先生永远健康平安！感谢大家的参与，再见。

有关萧军的三点感想

——在萧军百年诞辰学术座谈会上的发言

　　我与萧军先生的接触不多。印象较深的一次，是 1979 年我到萧军后海的家里访问，想借他的《文学报》阅读。萧军先生热情地接待了我。连续四五个小时的阅读，使我大吃一惊，如梦初醒，懂得 1948 年《生活报》对他的批判完全是个冤案，于是在 1980 年的《中国现代文学研究丛刊》上发表《从历史实际出发，还事物本来面目》一文为萧军翻案，并且对这位三十年来拒不认"错"的"关东硬汉"感到由衷的钦佩。

　　对于萧军的作品，我倒是大部分读了的，所以，我想在这里主要就萧军作品说说某些认识和印象。

　　我觉得，从他与萧红一起作为东北流亡作家在上海露面时开始，萧军在创作上就是有自己的特点和贡献的。他的《八月的乡村》《跋涉》以及萧红的《生死场》，给左翼文坛带来一股新鲜的空气，那就是浓烈的生活气息以及渗透和贯注在生活画面背后的作者深沉的感情。小说的字里行间常洋溢着方刚的血气，显得质朴而又刚健。《八月的乡村》表现一支游击队在血泊中成长的严酷的历程。作者丝毫不想回避生活和斗争的严酷性，但作者对自己的人物又充满着爱，他在一篇文章中说：他为了构思一个游击队员唐老疙疸的死，"足足思索了近乎两天两夜"，"那时的心情是很难受的"，可见作者和自己笔下的生活融合到了何等紧密的程度。鲁迅对萧军这种主客观完全融合的创作态度，显然是喜欢和欣赏的。鲁迅在评论《八月的乡村》时，写过一段很有意思的话，来形容这部作品："作者的心血和失去的天空，土地，受难的人民，以至失去的茂草，高粱，蝈蝈，蚊子，搅成一团，鲜红的在读者眼前展开（着重号为引者所加），显示着中国的一份和全部，现在和未来，死路与活路。"（《田军作〈八月的乡村〉序》）这种形象概括法，切合于主客观完全融合而"搅成一团，鲜红的在读者眼前展开"的那类作品。这是萧军作品的特点，也是他的贡献，它与有一些只重视斗争的情节而缺少生活实感的左翼作品是不一样的，甚至与路翎那种同样主客观融合然而偏重主观或主观性很强的作品也是不一样的。中国有句成语叫作"力透纸背"，说的就是字面上似乎不大看到，笔力却渗透在纸的背后。萧军作品的深沉强烈的感情，就是隐藏在画面背后的。这是我想说的第一点感受。

第二，《八月的乡村》是萧军的第一部长篇小说，也是他的成名之作，但不是他最成功的长篇小说。萧军的成就最高、最出色的作品应该是长达八十万字的《过去的年代》（一名《第三代》）。如果要把中国现代文学史上最优秀的长篇小说排出十几部的话，那么，《过去的年代》是完全可以当之无愧地列进去的。早在抗战爆发的前夕，当这部作品前两卷刚发表时，非常关心现代文学的评论家常风，就称赞它是一部"雄浑、沉毅、庄严的史诗"。小说以清末到"五四"这十年左右为背景，通过农民、地主、工人、胡子、流浪汉、官僚、军阀、资本家、帝国主义分子等众多人物形象的塑造，尤其通过一些颇有深度的形象的塑造，全方位地写出了东北社会的演变，揭示了这段时期里封建统治有所削弱而殖民地化则暗中加强的潜在趋势。无论就视野之宽广，格局之宏大，气势之深沉，笔触之细腻来说，这都是一部相当杰出、厚重的作品。萧军是喜欢和佩服列夫·托尔斯泰的，《过去的年代》恐怕是他在艺术上受了老托尔斯泰影响的结果。这是我的第二点想法。

第三，萧军在旧体诗创作上的成就和贡献，也是值得重视的。由于萧军从少年时期就喜习诵中国的传统诗歌，并且培育了较高的修养，加上他的特殊的才华，他的旧体诗尽管创作得不是很多，却具有较高的水平。这些旧体诗对于表现他的性格胸怀，抒发他的内在感情来说很重要。例如他1930年被东北讲武堂开除之后，曾在沈阳报纸上发表过与同学T君等的赠别诗，七律之一即表白了自己当时的心志：

　　欲展雄心走大荒，可堪往事误昂藏！

　　三年俯仰悲戎马；十载遭逢半虎狼！

　　任是苍天终聩聩；何关宇宙永茫茫。

　　男儿自有洪崖臂，怎肯蛾眉斗画长？

又如 1935 年写的七绝《言志》：

> 读书击剑两无成，空把韶华误请缨。
>
> 但得能为天下雨，白云原自一身轻。

沉重中带点压抑，恳切却不无潇洒。再如 1946 年 5 月在华北新解放区张家口步邓拓诗韵回赠一首：

> 一别乡关十六春，豪情湖海慕元龙。
>
> 醇醪乍酌人出醉，古塞春迟绿未浓。
>
> 虽许丹心酬父老，尚余一笔报工农。
>
> 相逢他日知何往，同气连枝迹有踪。

也写得激情满怀，韵律工整。"五四"文学革命提倡新文学以后，写旧体诗的作家不多，老一代中只有鲁迅、郁达夫、郭沫若等写得好，稍后的就只有聂绀弩、萧军等在写而且写得比较出色。值得注意的是，旧体诗这方面的审美修养，反过来又会提高和加深新文学创作上的成就，二者可以相辅相成。所以我认为，萧军这方面的成就也是值得一提的。

　　以上几点，只是我的一些粗浅的感觉，不知说得对不对，请各位指正。

原载《中国现代文学研究丛刊》2007 年第六期

辑二 杂感

近年现代文学研究的新趋向

——中国现代文学研究会第七届年会开幕词

中国现代文学研究会第七届年会——20 世纪最后一次年会，在东道主山西大学师范学院辛勤筹办，山西省有关领导亲切关怀和山西省作家协会等单位积极支持下，今天正式开幕了！

本次年会除了学会领导机构理事会的改选外，学术讨论的议题是"20 世纪中国文学的历史回顾"。记得四年前的西安年会，我们曾对新时期十五年的现代文学研究，从许多角度做了总结和探讨；两年前的石家庄理事会，着重讨论了现代文学研究中的问题；这次太原年会，希望能够回顾 20 世纪中国文学的发展状况，检阅近几年现代文学研究的新成果——包括研究领域的新开拓，研究方法的新尝试，也包括原有课题的新深入，就这些内容进行集中的交流和讨论。

十三年前，黄子平、陈平原、钱理群三位先生的《论"二十世纪中国文学"》一文曾以开阔的视野、宏观的气势、富有启发性的见解，在学术界引起很大反响，开启了人们的新思路，也引起过不同意见的争论和讨论。作为文学史的一个分期概念，"20 世纪中国文学"的时间下限虽然很难划定，但它比原先那种"近代""现代""当代"的小段切割方法，显然要合理得多。从整个世纪来看，中国文学确实存在一些大体上能贯穿下来的共同特色，例如多元生成，启蒙精神，悲凉色调，开放多变，等等；即使中间走过曲折迂回的道路，总体上也保持了自身的这种特色。如果说这是文学从内容到形式风格都具有现代性的话，它也并非能用狭窄的"现代主义"所涵盖，而是一种"大现代性"的概念：时间上包括了通常所谓"近代""现代""当代"乃至"后现代"，地域上包括了中国内地和台、港、澳全体，文学种类上包括了写实主义、浪漫主义、现代主义乃至后现代主义，艺术性质上不仅从民族固有传统出发，面对自己国家人民生存发展的种种问题，而且还以世界优秀文学遗产做背景，面对当今人类共同的现实处境。按照我的理解，应该说这是一种包容很广，能适应工业化时代到信息化时代要求的很开放的文学史观念。

随着"20 世纪中国文学"这一文学史观念得到越来越多的赞同，近年已有一些学者在这方面做出不同的尝试并有一批初步成果出版。如陈鸣树教授主编的《二十世纪中国文学大典》上、中、下三册，黄曼君教授主编的《近百年中国文学理论批评史》，姚春树教授等撰写的《20 世纪中国杂文史》上、下册，易新鼎教授主编的《二十世纪中国小说发展史》，孔范今、黄修己教授各自主编的两种《20 世纪中国文学史》教材，等等。王晓明教授还将 20 世纪 80 年代以来一批主要是中青年研究人员有关 20 世纪文学的成果编成了《20 世纪中国文学论文集》。作为史料汇编，北大中文系与其他学者合作编选的《20 世纪中国小说理论资料》一到五卷也已出版。

尤其可喜的是，最近几年，在 20 世纪中国文学的研究上，确实出现了几种值得重视的趋向：

一是部分学者有意跨越自己专业的门槛，走向更宽广的新研究领域。像原先研究当代文学的谢冕教授，近年来步入了近现代文学的领域，注视 19 世纪末 20 世纪初的一些作家和文学现象，在研究上做出了新成绩。再有，像海外学者、美国哥伦比亚大学教授王德威先生，过去专业重点在中国现代文学，尤其台湾作家的小说，近年来却一方面紧紧跟踪内地和台港当前许多新作家、新作品，另一方面又上溯 20 世纪初的近代文学。从他的研究成果看，视野之宽广，用力之勤奋，都是令人吃惊的。他指导研究生，也都严格地要求他们从近代到当代打通起来阅读，不要只把目光停留在某个作家或某些作品上面。这种学术趋向非常值得重视。因为，要真正研究好 20 世纪中国文学史，过去那种各据一点、集体拼盘式的写作无论如何不是办法，而是要靠研究者本身视野的宽广和功夫的厚实。

二是将 20 世纪雅俗文学的发展互相作为参照系，放在对照比较中来研究。苏州大学多年来在范伯群教授带领下就是这样做的，他们在 20 世纪中国通俗文学的研究上做出了很大成绩，改变了文学研究界长期短缺一个翅膀的畸形状态。在他们的推动下，学术界对习惯上被认为的通俗小说大家，从张恨水到金庸，逐渐都引起了重视。

三是研究角度的变换和研究方法的开拓。在研究 20 世纪中国文学方面，近年来有两套丛书引起人们的注意：一套是湖南教育出版社出的"20 世纪中国文学与区域文化丛书"，已经出版了十种，从区域文化角度切入，将新文学中的流派、作家群与区域文化挂起钩来研究，其中吴福辉的《都市漩流中的海派小说》、朱晓进的《山药蛋派与三晋文化》等几种尤其产生了较大的影响。另一套是山东教育出版社出的"百年中国文学总系"，已经出了十一种，很有开创性。它借鉴黄仁宇《万历十五年》的写法，在 20 世纪一百年中选择了有代表性的十一二年，一年写一种，展现这一年及其前后几年的文学思潮和文学活动，一般可覆盖四五年，写得好的甚至覆盖一个时代（如《1898：百年忧患》《1948：天地玄黄》）。无论研究方法或著作立意上都很有特色，很有新鲜感，给人许多启示。

当然，要真正推进 20 世纪中国文学的研究，我们还面临不少盲点或者歧见。比方说，对文学革命以来所谓激进主义思潮到底怎样看待？新文学与通俗文学的雅俗对峙，在 20 世纪中国文学的发展中究竟起了怎样的作用？留下些什么样的后遗症？又比方说，现在是又一个世纪末了，当初的"世纪末"思潮乃至唯美主义思潮对 20 世纪中国文学的影响到底怎样，我们清楚吗？再比方说，怎样看待科学以及科学主义思潮对 20 世纪中国文学的多重复杂作用？又怎样估计包括佛教、基督教、伊斯兰教在内的宗教文化对 20 世纪中国文学的影响？而在已经成为难点的文体、形式、语言的研究方面，一个时期以来似乎也还缺少令人满意的著作。这些都有待我们去做更加艰苦深入的研究。已有的成果证明，只要我们坚持从文学实际出发，刻苦占有原始材料，借鉴多种理论方法，完全没有必要产生那种再也没有用武之地的担心。像 20 世纪中国有没有唯美主义思潮这类问题，是很可以如解志熙的著作《美的偏至》那样得出相当新颖客观的结论的。

不久前北京大学刚庆祝了建校一百周年；去年商务印书馆也已庆祝了创办一百周年；而过两年《大公报》又要庆祝它的一百周年。这些和 20 世纪中国文学发展有重要关系的现代大学、现代出版机构、现代报纸都在 19 世纪末 20 世纪初诞生，绝非出于偶然。它们本身并非文学机构，但却从培养新的人才、用世界眼光来从事出版工作、为新文学的发展提供重要园地等方面，直接支持、影响了新的文学事业。它们标志着中国从百年前就已开始朝向现代化的遥远目标走去，尽管有时步履蹒跚，付出巨大代价，却毕竟已经跨越了一段长长的路程。展望未来，我们有理由为文学和文学研究事业的发展感到乐观。

最后，请允许我代表中国现代文学研究会向年会的东道主，向各位来宾，表示最诚挚的感谢和最大的敬意！

祝愿我们的年会开得圆满成功！祝各位来宾和代表健康愉快！

1998 年 7 月 21 日于太原，原载《中国现代文学研究丛刊》1999 年第一期

2000' 北京金庸小说国际研讨会闭幕词

尊敬的查良镛先生，各位与会的学者与嘉宾、女士们、先生们：

由香港作家联会和北京大学联合举办的"2000'北京金庸小说国际研讨会"在各位热情参与和大力支持下，四天来经过十场会议的认真热烈的研讨，完成了预定的计划，取得了圆满的成功。金庸先生参加了十场会议中的九场，仔细地听取大家的意见。我谨代表主办者——香港作家联会和北京大学，向各位女士和先生们，向金庸先生，表示衷心的感谢！

这次会议是近年来规模较大的一次国际学术研讨会，提供论文的学者在地区分布和年龄跨度上都颇具广泛性和代表性。既有老一辈学者，如八十三岁高龄的澳大利亚国立大学名誉教授柳存仁先生、年近七旬的章培恒教授等，又有来自欧美、亚洲的中青年学者和在校博士、硕士研究生，其中年龄最小的只有二十四岁，而且还是中国内地的少数民族。这种状况充分显示了金庸小说对广大读者的艺术魅力以及学术界对金庸研究的持久热情，并且标志着金庸研究已经纳入整个 20 世纪中国文学研究的总体框架之中，在国际汉学界获得越来越令人瞩目的历史地位。

正因为不断有年轻学者进入到金庸研究的队伍，也使我们的会议始终保持了十分活跃和热烈的气氛，会上争论不断，新见迭出，有的学者称之为"有一股青春气息"。前年曾经在台北主办过金庸小说国际研讨会的远流出版公司董事长王荣文先生就被这种气氛所感染，感到非常高兴。他认为这次会议对金庸小说的讨论在许多方面是大大深入了。

也许，议题的广泛与研讨的深入，正可以说是这次会议的特点之一。会上发表的五十多篇论文，涉及金庸小说的文化内涵、雅俗品性、传统性与现代性，金庸小说与大众传媒的关系以及武侠小说的文类发展和文学史境遇等问题，部分学者还从国家、民族、地域、性别等角度对金庸小说做出具体而独特的解读。在许多方面都取得了一定的突破和进展，预示着金庸研究正走向丰富与成熟。

文化研究构成了这次研讨会的关注热点之一。徐岱的《论武侠文化》、王一川的《文化虚根时段的想象性认同——金庸的现代性意义》、夏维明的《金庸武侠小说——以文化为武器》等论文以及刚才余珍珠女士的发言，都力图在文化研究的视野中探讨金庸小说的意义。徐岱的《论武侠文化》以金庸小说中的侠义叙事为对象，深入分析了作为一种非正统的文化存在的"侠士精神"，对以金庸为代表的侠文化创作的意义做出评估。王一川的《文化虚根时段的想象性认同——金庸的现代性意义》强调金庸的意义不能仅仅从文学史角度去考虑，而需要从更宽阔的文化视野，即中国文化的现代性去审视。从这个方面说，金庸为处于现代文化危机中的中国人提供了一种象征性的文化认同模型。这些文化研究都揭示了金庸小说中固有的文化含量，对于我们从文化的角度估量金庸小说的丰富价值提供了新的视野和思路。

雅俗问题也成了大会议题的焦点。朱寿桐的《在与精英文化的比照中——再论金庸文学的通俗品性》、胡小伟的《雅俗金庸》、龚鹏程的《E世代的金庸——金庸小说在网络和电子游戏上的表现》等论文，都涉及了金庸小说研究中的雅俗之辨的课题。有的学者强调"金庸是一个通俗文学大家，其代表的通俗文学与非通俗文学之间的界限是原则性的，不容混淆的"，同时在与精英文学的比照中确认了关于金庸小说通俗性的理论思路的广阔前景。有的学者对金庸小说"超越雅俗"这类提法有不同意见。有的学者则指出，在学术界金庸研究趋向"文本经典化、研究专业化、论述高雅化之际，大众读者其实也正在发展另一种趋势，朝更俗更大众化更散乱的方向前进"。这些不同意见的提供，有助于启发我们去深入思考。可以预言的是，关于金庸的雅俗之辨直接关涉着对金庸小说的总体估价，也同时关涉着20世纪中国文学历史进程的总体格局，已经构成并仍将继续构成今后金庸研究的核心问题之一。

这次研讨会的成功还表现在对金庸小说具体文本分析的深入。柳存仁先生的《金庸小说的视野：〈天龙八部〉》、陈墨的

《不识张郎是张郎》、董乃斌的《从游戏到消解——关于金庸〈笑傲江湖〉的议论》、张健的《〈连城诀〉的主题、人物与情节》、陈淑贞的《金庸〈侠客行〉的真隐假喻》等论文，都选择了独特的角度和方法，对金庸的小说进行了深入细致的分析。章培恒先生的论文则综合论述了现代思想与金庸创作的关系。一些学者还借鉴了比较文学的研究方法。像孔庆东的《张恨水与金庸》、施爱东的《从史诗英雄到武林英豪》、严家炎的《似与不似之间》都借助于比较的视野凸显金庸小说的创造性与独特个性。一些学者（李以建、严晓星等）还将金庸作品研究推进到金庸社评和生平传记的研究方面去，从二者的联系和相互印证中加深对金庸作品的理解。马幼垣教授并为此提出了编著金庸词典的建议。张娅娅教授则从长时间调查得来的丰富材料中，对读者反应作了较有说服力的分析。淡江大学林保淳教授的论文，以丰富的史实、扎实的功力，勾画出了一部金庸小说在台湾地区流传和影响的历史。

尤其在海内外的一些青年学者和研究生那里，更表现出一种可喜的创新意识。如田晓菲的《从民族主义到国家主义：一面历史的哈哈镜》、宋伟杰的《"想象的记忆"，文类差异与金庸小说》、计璧瑞的《试论类型——以〈笑傲江湖〉为例》、余杰的《求索真自由》、徐晋如的《作为反〈红楼梦〉的〈鹿鼎记〉》等论文，都代表了金庸研究的新生力量，是金庸研究乃至文学研究的未来之所在。其中田晓菲的《从民族主义到国家主义：一面历史的哈哈镜》、宋伟杰的《"想象的记忆"，文类差异与金庸小说》、史书美《性别与种族坐标上的华侠省思》、韩倚松的《国家、地域——论金庸早期作品与粤派武侠小说》等学者的金庸研究,更是在全球化的历史背景和理论视野中具体探讨金庸作品中诸如种族、国家、性别、文类以及对全球现代性扩张的抗拒等学术命题,体现出一种与本土学者构成差异与互补的值得借鉴的独特眼光和问题意识,也标志着金庸研究正成为一个国际化的课题。所有这些,都证明这次会议不但在议题上极为广泛,而且在研究方法上也极为多样,它们有助于形成一种多元互补的学术开放格局,并最终使我们的金庸研究保持一种热情与活力。

应该说,由于北大的主客观条件有限,我们这次会议在组织工作上存在许多缺点,尚有不少不周到、不完善之处,但由于与会学者上述这种学术热情以及对会议工作的关心、体谅和合作,使我们这四天会议生活过得非常紧张、充实和愉快。我代表会议组委会衷心感谢各位的这份友谊和关爱之情!

在即将依依惜别之际,我要说:相聚时间虽然是短暂的,但我们之间的友谊却是永久的!

祝各位与会的来宾和学者们身体健康、旅途愉快、学术丰收!

深入学术研讨，共享精神盛餐

——青岛王蒙文学创作国际研讨会的感受

主席，

尊敬的王蒙先生和夫人崔瑞芳女士，

尊敬的各位朋友、各位同行，海洋大学的老师们、同学们：

王蒙文学创作国际研讨会经过两天多时间紧凑有序的大会发言和学术研讨，刚才又进行了一场非常生动活泼的"漫话王蒙"和海大师生的精彩演出，到现在已告顺利结束。会议学术委员会委托我代表大家做一个学术总结。其实，学术问题是很难总结的，尤其当我们面对王蒙这样一位博大、丰富、复杂的对象，而我们的话题又涉及作家各种体裁的文学创作、理论批评、学术研究、作品翻译以及文学影响等诸多领域的时候，做出总结就更困难了。这里只能说一些会上反映出来的情况和包括我在内的与会学者的感受，说得不对的，请大家批评指正。

王蒙小说的研讨会过去在国内也曾举行过，但只是有关某部长篇和某些中短篇的。我们这次会议，是对作家王蒙和他的各种著作第一次全面研讨，而且又是有来自十二个国家和地区的学者参加的国际性学术会议，这本身就是一个重大的进展。会上共有六十七位学者、作家提供论文或做了发言，这些论文和发言涉及王蒙生活、人格、创作、批评、研究的方方面面，既有宏观，也有微观，大大深化了人们的认识。这次会议至少在下述几个方面，取得了显著的成绩：

第一，对王蒙在当今中国文坛的地位和作用，进一步获得了共识。许多作家和学者一致认为，王蒙是新时期主流文学思潮的引领人物，他给予 20 世纪八九十年代中国文学的巨大影响，没有其他人能够比拟。这种影响首先来自他在文学创作上的诸多开拓创新，从意识流心理小说、诗情小说、文化寻根小说到较后的幽默小说、荒诞小说、寓言小说，王蒙都做了尝试，并取得了骄人的成果。这种影响同时也来自他杰出的理论批评。他敏感地把握时代潮流，针对种种文化现象和文学现象，提出穿透性的见解，体现了他作家兼思想家的风采。早在 20 世纪 70 年代末 80 年代初，他就振聋发聩地发出了"论费厄泼赖应该实行"的呼吁；1982 年，他提出了"作家学者化"的主张；1988 年，他发表了《文学失去轰动效应以后》，提出自己关于文学功能的独到的见解。这些理论批评切中时弊，发人之所未发。许多意见是"人人心中所有"，又是"人人笔下所无"的，因而引起广泛的共鸣。后来 20 世纪 90 年代在市场经济与人文精神的讨论中，以及在有关王朔作品的争鸣中，王蒙都注意反对某种片面性或过激的批评；尽管有时也遭受误解，总体上都起到了好的相当重要的作用。

第二，这次会议对王蒙小说、散文、诗歌、理论批评、古典文学研究等方面都进行了程度不一的多层次、多角度的探讨，并对王蒙的许多开拓性、创造性的贡献给予了高度肯定。其中小说与文学理论批评方面的研讨尤为深入。这些探讨包括王蒙创作的原动力以及传统文化、民族文化、世界文化对其作品的影响；王蒙小说的总体特征与某一类、某一系列、某一部作品的个性特色，甚至对王蒙爱好排比句和同类词语的集中堆积、偶有"失控"以及标点和语气词的使用也做了研究。此外，对王蒙《红楼梦》研究和李商隐研究中独创性见解的阐发，也引起了与会者的普遍兴趣。

第三，会议真正体现了学术上开放性、包容性、多元化的精神，体现了作家与学者的互动。这是与王蒙作品中所浸透的人文精神和对人的关爱尊重分不开的。年逾八十的学界前辈与风华正茂的年轻学子和衷共济；汉族、维吾尔族、哈萨克族的学者与海外学者共处一室，平等交流，互相切磋。许多学者的文章既有相似或相近的看法又各具个性色彩，并且敢于提出不同的见解。王蒙自始至终都坚持到会，聆听意见，给大家留下了极好极为亲切的印象。一批在中国文坛享有盛名的作家也到会祝贺，并且尽可能地听取了大会发言。铃声面前人人平等，不仅使会议开得更加紧凑，也保证了更多的与会者有发表意见的机会。这一切都为我们的学术研讨会乃至文学批评工作开了新风。

第四，会议还从王蒙的经历、理想、价值观、恋爱、婚姻、家庭、友情等方面及其对其作品的影响，也作了许多有价值的探讨。特别应该提到的是，由于会议主办者中国海洋大学——包括文学院和出版社的细致工作和充分准备，编印出了《王蒙年谱》《走近王蒙》《王蒙作品评论集萃》三种丛刊，为研究者提供了重要资料，相信一定会更好地促进今后的王蒙研究工作。

会议也有缺点。发言十分钟打铃，表面的平等背后也遮掩着事实上的不平等，有些精彩意见可能因时间限制不能充分讲出，而内容稀释的发言也占据了同样的时间。今后，更好的办法也许是在控制发言时间的同时，多提倡每个与会者必须写论文、写提纲的做法。

当前，王蒙研究无论在国内或国际，都还处于方兴未艾的阶段。这次国际学术研讨会应该说具有里程碑意义。与会者都希望，通过青岛的会议，将能大大促进对王蒙的研究，促进对中国当代文学的研究，并且不断有新的学术研讨会在中国各地乃至世界各地举行下去，不断开创新的局面。

最后，我也想代表许多与会者向王蒙先生说几句话。昨天卜健先生说："逆境和顺境都可能吞没一个作家。"王蒙摘了右派帽子之后，1963年反而自我流放到新疆十六年；而在当上文化部部长以后，竟又辞去官职，集中精力创作。这表明王蒙是个大智慧者，逆境、顺境他都保持着清醒头脑，同时又确实具有"老顽童"的顽皮、顽强劲儿，立志攻克文学上的各种堡垒。因此，我们有充分的信心，期待王蒙先生在举办这次会议之后，能够面对大声的赞誉，多听批评的意见，继续攀登创作高峰，在今后若干年里贡献更加厚重、更有分量的作品！王蒙先生，您能帮助期待着您的读者们早日圆这个梦吗？

谢谢大家！

原载《多维视野中的王蒙》，中国海洋大学出版社
2004 年版

写在加拿大一个华裔作家会上

（一）

今天我想谈两点感想。首先讲一段稀罕的、鲜为人知的历史。

人们所熟知的是，哥伦布最早发现了美洲新大陆，却不知道中国人早在公元5世纪前后的宋、齐、梁诸代，就已经和北美洲人建立了联系，不知道在中国东方两三万里以外的土地上，就有"扶桑国"等东夷国家存在。一千五百多年前南北朝的史籍《梁书》中的《扶桑国传》，说的就是这件事。"扶桑"不是日本。中国古代称日本为"倭国"，《梁书》中的《倭国传》才是日本的传。也就是说，在哥伦布之前约一千年，中国官方历史已经正式记载了华人和尚到美洲传播佛教的经历，连当地的风俗习惯、土特产品、社会状况也有了明确的说明。

《梁书·扶桑国传》所载慧深介绍的扶桑国的情形，从地理位置判断，大概是北美洲较南的部分，相当于后来的墨西哥

231

或美国南部的某些地区。僧人慧深是中国人，他确实与他的伙伴在北美洲生活过一段时间，后来又回到国内。他在《扶桑国传》里介绍的情况，早在1761年就为一位法国历史学家金捏（Joseph de Guignes）所赞同。章太炎在《文史》中也肯定地认为扶桑就是墨西哥。

今年是加拿大建国一百五十周年，举国欢庆。加拿大的居民，无论原先从哪里来，也不论是白人、黑人还是黄种人，包括原住民，人格上都应该是平等的。华人为加拿大的立国和建国都做出了不可磨灭的贡献，经过长时间的努力，也争取到自己的合法权利。其中最著名的就是，歧视华裔的"人头税"和后来用以取代该税的《排华法案》，在1947年被废除。2006年保守党政府总理哈珀，还在国会就"人头税"恶政向华人正式道歉，并做出一定的赔偿。接着，温哥华所在的BC省政府也向华人道歉。最近温哥华市政府也做出承诺，将在今年秋天正式向华人道歉。

今年也是加拿大华裔作家协会成立三十周年，第十届华人文学国际研讨会值此时节隆重召开，可谓三喜临门。我们充满希望地看到，加拿大又一个和谐、繁荣、多元、共赢的新时代正在到来。

（二）

接着，我想汇报自己读了十几部加华文学作品的感受和体会。

去年以来，我先后读了加华作协朋友们的十四五部作品，总的来说，我是深受感染，相当兴奋的。我感觉到作家朋友们的创作状态是八个字：认真，扎实，勤奋，刻苦，也就是肯下苦功夫，令我由衷地尊敬和佩服。这里首先要谈到的是加华作协的一位重要领导人梁丽芳女士，她在 1987 年和卢因等其他几位朋友一起创立了加拿大华裔作家协会，提倡和促进华人文学创作。她本人曾担任首届副会长，并历任多届会长。梁丽芳是 UBC 的文学硕士和哲学博士，现为阿尔伯塔大学东亚系教授。她的著作有：《柳永及其词之研究》，*Morning Sun：Interviews with Chinese Writers of the Lost Generation* 及其中文版《从红卫兵到作家：觉醒一代的声音》，散文集《开花结果在海外——爱蒙顿散记》，还有不少重要学术论文如《扩大视野——从海外华文文学到海外华人文学》《花果山与伊甸园：〈金山华工沧桑录〉与〈寻找伊甸园〉的旅程母题及其他》《打破百年沉寂——加拿大华人英文小说初探》《朱小燕散文的三个世界——一个加拿大华裔作家的视野》，以及散文如《寻找华工与印第安人的故事》也都很有学术价值。这批作家中，也包括了一些著名老作家、老诗人（痖弦、梁锡华、马森等），像九十高龄的洛夫先生，他的三千多行的长诗《漂木》，就是来到温哥华以后的创作成果，积蓄着晚近二十年生活的深刻体验（他用"我的二度流放"为题来表达这种体验）。这不仅是加拿大华裔文学的重大成就，而且可能成为中国新诗史上的一个奇迹。洛夫前年刚获得北京大学新诗研究所设立的李白奖（五十万元人民币的奖金），虽然是民间性质的，却应该说是很高的荣誉了。

加华作家的小说，我拜读了四部，有陈浩泉先生的《寻找伊甸园》，黎玉萍女士的《突围》和《病毒羔羊》，青洋女士的中短篇小说集《黑月亮》（青洋女士也有长篇小说《如歌的行板》，不知道出版了没有）。这些小说都很有吸引力，或者说获得了相当大的成功，拿起来读就舍不得放下。《寻找伊甸园》写了三个现代家庭，题材很普通，却写得充满了生活情趣。发展到高潮时，则有很强的震撼力。画家的家庭经过连年奋斗，买下画廊，事业有了较大发展，令人高兴。但另两家则颇有悲剧意味。"太空人"家庭，因做母亲的私欲当头，夺了女儿男友，做父亲的又失去理性，收紧财力供给，儿女于是竟与绑匪勾结，敲诈自家巨额财产，终于导致家庭完全分裂。台湾来的徐原华家则因经营失败，做家长的徐先生就开枪杀死了全家，只留下一个十五岁的孩子。他在遗书中写道："我爱我的妻儿，我在生的时候不让他们受苦，我走了，也不能留下他们受苦，所以我要带他们一起走。"（第 109 页）这样的人间悲剧，不能不促使读者去深入思考。然而，作者的思考并没有停留于此，他还在故事里面写故事，塑造和揭露了武凌这样一个背弃妻子，欺骗一位同样是来自中国大陆的年轻女性并与其同居，最后又将这位情人杀死的凶犯。这些素材都源于生活，却令读者更加触目惊心。

《突围》是以"文革"为背景的长篇小说。主人公唐唯南是个老实正派的退伍军人，复员后被分配到制药厂工作是为了做点实事，生活上也希望得到安宁幸福。他喜欢化验室一位美丽的女职工余微霞，完全是出于相互间真诚的爱。不料药厂的党委书记韦光正，却是个为官不正、利欲熏心的小人，只顾不断扩充自己的势力范围，一味玩弄权术，竟利用自己的妹妹韦建华去拉拢引诱唐唯南成为夫妇。结果，余微霞被批斗，不堪受辱而服药自尽；唐唯南因坚决反抗，反被诬陷而遭拘禁。唐唯南后来出逃到遥远的山区，与农村的青年女子结婚生子，但他仍然要回制药厂找韦光正讨还公道。或许他坚信傅雷的话："唯有抱着'我不入地狱谁入地狱'的精神，才能挽救一个萎靡而自私的民族。"这个结尾别出心裁，相当深刻。

在小说手法上运用得更为灵活巧妙的，似乎是《黑月亮》。作者通过逐节拟出的不同小标题，将故事切换成许多特定的人物、时间、空间、角度、情景加以展现，如《无法投递的信：2000年中秋》《小小的回忆：1973年中秋》《小小被省报退回的散文稿（一）》《小小的回忆：机关食堂和巫山》等。小说早期故事尚处在"文革"背景中，巫山、刘水的爱情只能以悲剧告终，而那些说谎、强奸、威逼、利诱等丑恶行径，则正是那时的准当权派朱师傅之流干下的。随着时间逐渐消逝，人物逐渐成长，作品就渐次显示出一股活泼新鲜的冲击力量。作者的机智、俏皮、风趣，以及一种黑色幽默的味道，也一一呈现出来。"妞"从幼时起就被家人取了个女孩名字，性格善良、温厚、真诚，却也有点软弱。他和小小完全有可能经恋爱而结合（条件已经成熟），但一是由于文子之类的干扰，二是由于他自身的弱点（他后来曾"追悔莫及"），以及小小一时的误会（见第197页），终于错过了机缘。其结果，"世界突然间成了漆黑的一片，黑色的湖水，黑色的山林，黑色的天空。月亮去哪儿了？我（小小）看不到一点光亮，完全迷失了方向。……妞嘶哑着嗓子，喊着喊着哭了起来……那一夜，我看到一个漆黑漆黑的月亮"。后来，妞只能娶了尚红，而小小只能嫁给一个白人，各自得到的结局都未免有点遗憾。故事到这里还没有结束。有一天，妞到温哥华百老汇街图书馆借到一本张爱玲的小说，居然从书中发现笔迹属于小小的信，于是五味杂陈，百感交集，给读者留下了颇具遐想空间的悬念。

至于散文，加华作家中参与写作的人更多，成就也更加突出。散文集数以十计，难以尽录。《泉音》只是陈浩泉先生五年间的散文和杂感，响起的真像一股清泉在流动的美好乐音，文笔清新传神，韵味深刻中肯。像秋冬之交成群雪雁南飞的壮观场面，深秋时节三文鱼群在逆流中洄游的难得景观，以及穿行荒山密林中观看悬崖飞瀑，去到农场深处摘果取蜜，都是非常令人向往、既能饱人眼福、又能增进知识的美文。有些文章涉及的是加拿大社会公众的大事，如选举、投票等重要事项，更为广大读者所关心。陈浩泉先生不仅是一位热爱文学的作家，而且还用自己所办企业的收益来扶持和赞助加华作家作品的出版，很令人感动和钦佩。

　　梁丽芳女士《开花结果在海外——爱蒙顿散记》中，写到了一百七十多年前有位重要人物——广东台山人陈宜禧，他当年去过美国，参加修铁路，也学英语，后来回国修建家乡最早的铁路——新宁铁路，从筹款做起，有很大贡献，使我读后非常感动。

　　青洋女士有本散文集叫作《对海当歌》，也很值得重视。她的散文想象力丰富，语言很诙谐，饱含忧国忧民的赤子之心，而且也有黑色幽默的味道。她有一段话说得很好："我认为，一篇优质的散文，第一要素是奇。也就是有独特的想象，巧妙的构思，出其不意的结局，等等。"这个看法是正确的，而且她也是按这个想法在实践。在我看来，青洋的散文有些是有弦外之音，可以当作寓言或小说来读的，譬如说，她的散文《复旦梦》就有讽喻性，可以当作寓言或小说来读。再譬如，她的散文《白纸黑字》，也很有讽喻意味，同样不妨当作寓言或讽喻小说读。这都是可供读者参考的。

　　著名散文女作家还有《土拨鼠的启示》的作者陈华英女士。她的作品富有童心。可爱的"报春使者"土拨鼠的作为，便是她为自己规定的使命："是傻子也好，是聪明人也罢，我都甘心做一只土拨鼠，燃点一截小小的烛光，在别人心底最阴暗寒冷的角落，添一份光明，增一点温暖。"（《土拨鼠的启示·代序》）陈华英写了不少美文，如《灰角老屋怀想》《咸鱼青菜饭久长——怀念跟母亲一起过年的日子》《着魔之城》《苹果老师》《暗室》《笑》《横看成岭侧成峰》等，其特色是：观察细微独到，抒情亲切真挚，析理认真周详，文笔婉雅清丽。她自己说："想不到唐宋人的诗情画意，都浮现在北美洲我家的老屋前了。"她和一位名牌中学十二班的高材生，共同讨论《孙子兵法》，发觉"始计""速战速决""知己知彼""不战而屈人之兵"等方法都可以应用到学业、事业和人际关系中，"两师徒乐了好半天，好一课'教学相长'！"

　　总之，加华作协创建三十周年来，作家们因地制宜，根植于华文文学的土壤，吸取本地风俗、民情、环境的养料，坚持用母语创作，取得了丰硕的成果。同时还积极开展与海内外作家、学者的交流，仅国际研讨会就举办了十次，为世界华文文学的整合与发展做出了重要贡献，值得我们庆贺和认真研讨。

中国和美洲

我今天想讨论的题目，是"中国和美洲"。

中国和美洲有关系，不是从 18 世纪、19 世纪华人帮美国和加拿大修建铁路的时候开始的，也不是从哥伦布 15 世纪发现新大陆的时候开始的，而是两千两百多年前，也就是公元前 221 年，秦始皇二十六年到三十年期间，就开始发生的。大家知道，中国之所以在英语中被叫作 China，中国人之所以被叫作 Chinese，都因为词里边有一个"秦"（Chin）的发音。这个"秦"字指的就是秦朝或秦代。它是由于春秋五霸、战国七雄中的多数诸侯国家被秦统一、被秦吞并而形成的一个强国。秦王嬴政在实现统一以后，就在第二十六年更改自己的名号为皇帝，称为秦始皇。他是个刚愎自用、听不进不同意见的人。他的大儿子扶苏，劝秦始皇不要活埋四百六十多个有不同意见的读书人，结果秦始皇大发脾气，把大儿子扶苏从身边赶走，让他到前线监军去了。他深信自己的皇朝一定会由他的子孙继承，称为二世、三世乃至千秋万代地传下去，实际上却连第二代也就是秦二世都没有传到头，只传了两三年就亡国了。如果扶苏来接班，那么可能多传几代。正像战国年代的梁国人尉缭所说："秦王为人，蜂准长目①，挚鸟膺，豺声，少恩而虎狼心……诚使秦王得志于天下，天下皆为虏矣。不可与久游。"而秦始皇自己还希望能永生不死，能成仙，他希望徐市（音 fú）这个方士能帮他找到仙人和仙丹。趁这个机会，徐市就对秦始皇说：真想找到仙人，一定要诚心诚意，要带上数千童男童女，到海外寻找仙山，才能真正找到神仙。秦始皇于是同意让徐市带上数千童男童女，到海外去寻找仙山、寻找神仙。这件事在司马迁的《史记》上就有明确的记载。河北省有个县叫作"千僮县"，据说就是当初出去了大批男女儿童的地方。当然这需要经过较长时间的准备，造出许多木船，还要相当数量的管理人员，带上足够的粮食、淡水等生活用品，才能出发——大概是秦始皇二十九年前后才出发的。

我还要说明：徐市和徐福是两个人，方士徐市是山东人，名字上有"福"气的徐福是江苏人，而且出生得晚，曾到过日本。我们要说的是这个据说会"炼丹求仙"的徐市，和他的一些男女管理人员，带上数千童男童女（假定有两三千人吧），在秦始皇二十八年、二十九年间从渤海湾出发，朝东南方向海中驶去。他们其实是未必还想回来的。据南美洲北部一些国家后来传出的消息，说是这批中国的童男童女落脚到了中南美洲

---

① 蜂准长目，意谓眉骨很高，眼睛很长。

的两个国家：秘鲁和古巴（其实最早就是秘鲁，它是拉丁美洲西部在东太平洋边上一个重要国家，很晚才有小部分人员又迁到古巴）。书面传闻是这样说的："据相关研究，华人最早在美洲大陆定居地实为中南美洲的秘鲁和古巴。"（见《中外文学交流史·中国—加拿大卷》，梁丽芳、马佳主编，山东教育出版社出版，2015年12月第一次印刷）据到过秘鲁的人告诉我：仅秘鲁，现在华人数目可能就有一百五十万人，甚至有人说近两百万人，这大概就是从两千两百多年前开始繁衍至今的结果。

美国女学者克里斯蒂娜·胡恩菲尔特（Christine Hunefeldt）写过一部《秘鲁史》，华人左晓园将它译成了中文，但他们两位似乎都不大注意秦汉时期中国同美洲有什么联系。其实，在《秘鲁史》中，还是存在着若干重要的线索可以挖掘的。譬如说，它提到了"查文文化"，即Chavin（秦）文化，也就是秦国人的文化，有这样几段连续的文字：

　　某种程度上，古代秘鲁的故事开始于我们今天以查文（Chavin，秦）命名的一种文化。查文文化在大约公元前300年达到巅峰时期。秘鲁及其他地方的博物馆有大量考古文物来自查文（秦）文化和同时代其他重要的文化，如帕拉卡斯文化（Paracas）。查文文化因精湛的石雕艺术而闻名；而帕拉卡斯文化则因制陶和纺织技艺而著称。查文艺术似乎影响了后世许多种文化，现代珠宝和纺织品设计也仍然会借用和模仿查文文化的图案。

查文文化的中心——可能主要是宗教中心而非政治中心——似乎是我们称之为"查文—德万塔尔"（Chavin de Huantar）的一座大山神庙遗址，位于今天秘鲁北部高原地区。这个地区还有其他类似的神庙遗址，但是查文—德万塔尔的神庙是保存相对完整的神庙中最大、最精美的一个。神庙的建筑质量和装饰艺术给人留下深刻印象，整个建筑群展现了先进、高水平的社会和经济组织程度。主庙用精确切割的石头建筑和装饰。有证据表明建筑立面上刻有精致的浮雕图案装饰，描绘了老鹰、蛇、美洲豹和想象中的怪兽。查文—德万塔尔建筑群以及其他神庙遗址清晰地表明了查文（秦）人能够集中和利用巨大的人力与经济资源。

考古发现，在哥伦布到达前，美洲的几种文化几乎在同期达到了同样的发展水平。例如，秘鲁境内的查文文化和墨西哥境内的奥尔梅克文化同时繁盛，两种文化似乎有类似的技术和社会组织水平。

这里所说的 Chavin（查文）文化，我以为其实也就是秦文化，Chavin 就是"秦"的另一种拼音。它在公元前近三百年或稍后就达到了那里，还在秘鲁建立了几座庙，这同秦文化或华人文化也有关系。

在 2018 年 4 月 29 日《明报》加拿大版 A14 版上，有一篇秘鲁出土文物的报道，写的是秘鲁古代的文化消息。我可以在这里介绍一下：它报道的是秘鲁五百五十多年前发生的殉葬活动，相当于中国明朝的初期。经过美国和秘鲁两位考古学家的考证，这件事肯定和华人有关系。中国古代的殉葬活动相当多，特别是春秋战国时代，《史记》里就提到过多次。一次是春秋时代的齐、晋两国，因人自愿殉葬者就有六十六人。另一次是秦国三十九年，缪公卒，葬雍，跟随而死者有一百七十七人，秦之良臣子舆氏三人名曰奄息、仲行、鍼虎亦在从死之中，秦人哀之，为之作歌《黄鸟之诗》。秘鲁当时发生洪水灾害，故用一百四十个儿童致祭，且殉葬活动是在五百五十多年前发生的，时间上晚多了，考古学家在秘鲁北部一处殡葬遗址中发现了超过一百四十具儿童的骸骨，相信他们是迄今全球最大规模儿童献祭仪式中的牺牲品。

秘鲁的殉葬遗址 Las Llamas 位于特鲁希略（Trujillo）的一处洼地，属于奇穆（Chimu）文化建筑，当地发现的儿童遗体去世时年龄介乎五至十四岁，都面向太平洋海边。遗址内还有两百只年幼的骆马遗体，全部面向安第斯山脉，相信是同期下葬的。

研究员还发现遗址附近有细小脚印，说明下葬儿童是从一点五公里以外的古城昌昌（Chan Chan）被带到遗址处，而儿童的胸骨上有伤痕，肋骨也移位，反映祭祀者可能以刀子割开了儿童胸口，以移除其心脏。

带领研究的特鲁希略国立大学考古学教授普利托（Gabriel

Prieto）指出，对秘鲁古代社会而言，代表未来的儿童最为重要，而骆马是当时重要经济基石，相信是当时特鲁希略因厄尔尼诺现象出现洪灾，民众决定向神明献上最重要的"财产"祈福。在中国历史上，也出现过用人和牲畜为灾荒祈福的案例。

美国哈佛大学考古学及民族学专家奎尔特（Kebbery Quilter）形容这次发现令人注目，提供了古代秘鲁曾发生大规模儿童献祭的坚实证据。他正带领研究团队分析该批儿童遗骸的 DNA，确认彼此间有无亲属关系，并找出献祭儿童来自何处。我不知道秘鲁这个国家自己有没有从开国时写出来的历史，如果有，我很想找来读一读。我更期待将来的考古能够发现更早的，乃至早到秦朝时期的文物，从而科学地佐证《史记》的记载，坐实这段注定会轰动世界的历史。

在中国的历史书上，竟还有将美洲国家列入了"东夷"传的。举例说，在中国南北朝时期的《梁书》上，就收进了一篇距离中国两万多里路之外的《扶桑国传》，那是因为当时就有中国和尚到北美国家去传播过佛教，几年之后又回到了中国。其中一位的名字叫慧深，他带了五个和尚一起去过北美洲的扶桑国，回国后所做的介绍被写进了《扶桑国传》。我们今天可以一起来读读这篇《扶桑国传》：

> 扶桑国者，齐永元元年（公元 499 年——严注），其国有沙门慧深来至荆州，说云：扶桑在大汉国东二万余里，地在中国之东，其土多扶桑木，故以为名。扶桑

叶似桐，而初生似笋，国人食之，实如梨而赤，绩其皮为布以为衣，亦以为棉。作板屋，无城郭。有文字，以扶桑皮为纸。无兵甲，不攻战。其国法有南北狱。若犯轻者入南狱，重罪者入北狱。有赦则赦南狱，不赦北狱。在北狱者，男女相配，生男八岁为奴，生女九岁为婢。犯罪之身，至死不出。贵人有罪，国乃大会，坐罪人于坑，对之宴饮，分诀若死别焉，以灰绕之。其一重则一身屏退，二重则及子孙，三重则及七世。名国王为乙祁；贵人第一者为大对卢，第二者为小对卢，第三者为纳咄沙。国王行，有鼓角导从。其衣色随年改易。甲乙年青，丙丁年赤，戊己年黄，庚辛年白，壬癸年黑。有牛角甚长，以角载物，至胜二十斛。车有马车、牛车、鹿车。国人养鹿，如中国畜牛。以乳为酪。有桑梨，经年不坏。多蒲桃。其地无铁有铜，不贵金银。市无租估。其婚姻，婿往女家门外作屋，晨夕洒扫，经年而女不悦，即驱之；相悦乃成婚。婚礼大抵与中国同。亲丧，七日不食；祖父母丧，五日不食；兄弟伯叔姑姊妹，三日不食。设灵为神像，朝夕拜奠，不制缞绖（音崔谍，意丧服——严注）。嗣王立，三年不视国事。其俗旧无佛法、经像。宋（指南北朝时的宋——严注）大明二年，罽（音暨——严注）宾国尝有比丘五人游行至其国，流通佛法，教令出家，风俗遂改。

也就是说，在哥伦布之前约一千年，中国官方历史已经正式记载了华僧到美洲去传播佛教，连当地的风俗、习惯都已有了确切的记录。《梁书》之《扶桑国传》所载慧深介绍的扶桑国的情形，从地理位置和植被及风土人情判断，大概是北美洲较南的地方，相当于后来的墨西哥或美国南部的某些地区。因此，丁果先生他们在《加拿大的中国基因》一书中所写"说加拿大的'第一民族'即印第安原住民在历史渊源上与中国有着密切联系"，应该说是有道理的。去年我们曾到墨西哥一游，参观了坎昆附近的玛雅文化遗址——印第安人在9世纪时留下的三四座城堡金字塔。其中一座名为库库尔坎，有三百多步阶梯直达塔顶。塔顶是神庙，高六米。可见，印第安人也有自己的建筑。9世纪也是印第安文化繁荣的时期，相当于中国的唐代。

近两个世纪以来，中国与北美洲各国的情况，都已和一千数百年前的古代很不相同。加拿大已成为一个多党轮流执政的民主国家，步入了现代国家的行列。中国的国力也有了很大增长，成为世界经济大国。就领土面积而言，加拿大是世界第二大国，但人口才三千多万，比北京一个城市的人口多不了多少。加拿大还是一个多族裔的国家，据2011年统计，加拿大有色族裔占19.1%，多数族裔与少数族裔能融洽相处。歧视华裔的"人头税"和后来用以取代"人头税"的《排华法案》，1947年已被废除。2006年保守党政府总理哈珀还在国会就"人头税"恶政向华人正式道歉，并做出一定的赔偿。这就有可能使加拿大各族裔走上真正平等相处的道路，华人也有更多机会参政议政，为加拿大的健康发展做出更大贡献。果然，自 20世纪 80 年代起，华裔林思齐、林佐民、李绍麟先后各自在卑诗、阿尔伯塔、曼尼托巴诸省被任命为代表英女王的省督，华裔伍冰枝（女）则经联邦自由党政府总理克里田推荐，英女王伊丽莎白二世委任，在 1999 年 10 月 7 日宣誓就任加拿大第二十六任总督。此年 4 月 22 日加拿大温哥华市市议会 22 日在位于唐人街的大温哥华中华文化中心举行特别会议，市长罗品信（Gregor Robertson）代表市府就该市歧视华人的历史向华人社区正式道歉。罗品信在道歉信中，承认了该市"历史上的黑暗和艰难时期"，为过去（对华人）的不公和磨难表达诚挚歉意，呼吁全体温哥华华人共建美好未来。

2017 年是加拿大建国一百五十周年纪念。丁果先生等三位作者为读者献上了一份厚礼，出版了一本书——《加拿大的中国基因》。他们从加拿大建国前的历史写起，涵盖了政治、经济、外交、文化、族群关系、华人权益等多方面的内容，以充足的理由说明，华人为加拿大的立国和建国做出了不可磨灭的贡献，为当代和今后中加关系的友好发展奠定了坚实的基础。

我们充满希望地看到，在加拿大各族裔人民携手共庆建国一百五十年之后，又一个和谐、繁荣、多元、共赢的新时代正在到来。

2018 年 9 月 9 日讲，原载《中华读书报》

2020 年 6 月 17 日